# 예고의 음악 천재 6

강서울 현대 판타지 소설

초판 1쇄 찍은 날 § 2023년 4월 14일
초판 1쇄 펴낸 날 § 2023년 4월 21일

지은이 § 강서울
펴낸이 § 서경석

총괄팀장 § 황창선
편집책임 § 박현성
디자인 § 스튜디오 이너스

펴낸곳 § 도서출판 청어람
등록번호 § 제387-1999-000006호
등록일자 § 1999. 5. 31
어람번호 § 제1-3209호

본사 § 경기도 부천시 부일로 483번길 40 서경B/D 3F (우) 14640
편집부 § 서울특별시 구로구 디지털로 272 한신IT타워 404호 (우) 08389
전화 § 02-6956-0531 팩스 § 02-6956-0532
http://www.chungeoram.com
E-mail § chungeorambook@daum.net

ISBN 979-11-04-92484-2 04810
ISBN 979-11-04-92468-2 (세트)

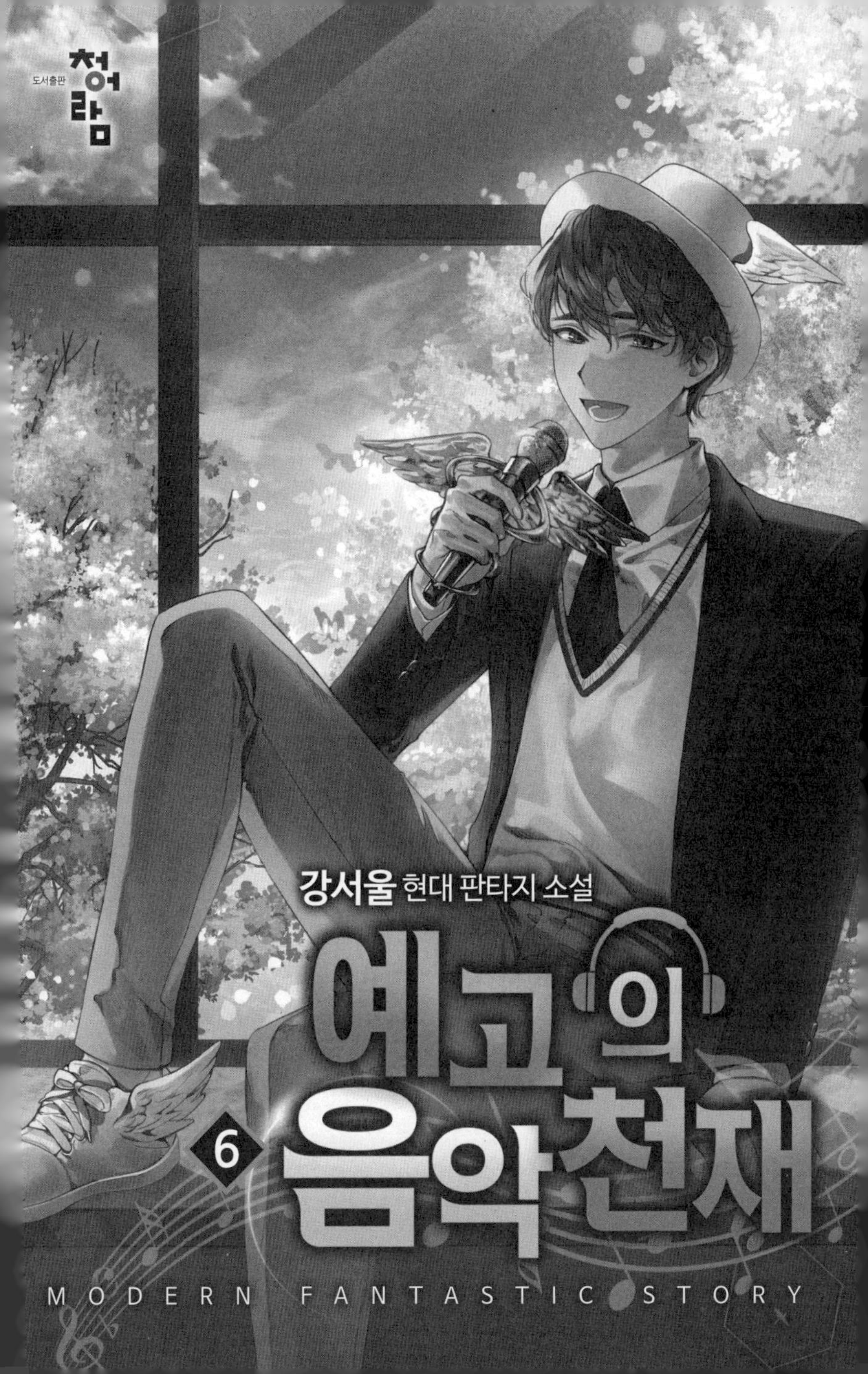
도서출판
청어람
강서울 현대 판타지 소설
예고의 음악천재
6
MODERN FANTASTIC STORY

# 목차

Chapter. 1

깜빡.

무대 위로 흐릿한 조명이 내려앉고.

캄캄한 어둠 속에서 아홉 멤버가 천천히 걸어 나온다.

모두가 숨을 죽인 채 무대 위를 응시한다.

아직 무대가 시작되기 전, 한동우 기자는 긴장한 기색으로 침을 삼켰다.

수첩을 쥔 손에는 어느새 식은땀이 흐르고 있다.

그리고.

마침내 그 침묵을 깨고.

이번 쇼케이스의 첫 무대이자, 유니티지의 타이틀곡.

'Fantasia'의 도입부 반주가 흘러나온다.

"와아아아아아아악!"

동시에 숨을 참고 있던 팬들이 일제히 환호성을 터뜨린다.
"한시은! 차형원! 서하린! 유민하!"
"신서진! 최성훈! 이유승! 이다영! 허강민!"
"유! 니! 티! 지!"

*자 이제 시작이야*
*눈부시게 빛나는 Fantasia*

무대 위로 조명이 켜진다.
노래의 시작과 함께, 유민하가 당당한 걸음걸이로 걸어 나온다.
단번에 돌출 무대를 향해 걸어가던 유민하는, 마이크를 붙든 채 환하게 웃었다.
그 뒤로, 차형원의 랩이 이어졌다.
유니티지의 의사를 적극 반영한 작사. 랩 파트는 차형원이 직접 가사를 써 넣었던 부분이었다.

*세상이 그냥 하얀 도화지였을 때*
*나는 선을 그렸어*
*그건 그저 낙서였어*
*처음부터 나는 무엇도 그릴 생각이 없었으니까*

흠잡을 데가 없는 완벽한 토스.
그걸 지켜보고 있던 한동우 기자는 온몸에 전율이 흐르는 것을 느꼈다.

노래의 첫인상.

그러니까, 첫 소절부터 노래가 너무 좋았다…….

귀에 딱딱 박히는 차형원의 딕션이 듣기 편할 뿐더러, 시원한 유민하의 보컬까지 더해지니 그대로 뇌가 멈춰 버렸다.

너무 좋은데, 이거?

*너는 세상을 그리려 했어*
*물결을 그리고 또 그 위에 원을 그렸어*
*내 낙서 같은 건 네 이상이 될 수 없어*
*우리는 이렇게 얽혀 있는 실타래가 아니라*
*흘러가는 거라고 너는 말했어*

신서진의 부드러운 보컬이 깔리고, 서하린의 맑은 화음이 더해진다.

마지막으로, 한시은의 고음까지.

데뷔 후 첫 무대.

어마어마한 스케일에 긴장할 법도 한데, 너무 잘해 내고 있다.

"꺄아아아아아!"

한동우 기자는 괜히 뭉클해지는 감정에 웃음을 흘렸다.

무대를 즐기고 있다는 게 이 먼 자리까지 느껴질 정도로.

실로 열정적인 무대다.

*되도 않는 망상 따위 집어치워*
*원 밖으로 나오라고*
*이곳은 그림판이 아니야*
*네가 그렇게 만들어 낸 건 그저 허상이야*
*Our life is not a fantasia*


이유승의 파워풀한 댄스 브레이크.

댄스 특기자이자, 팀에서도 메인 댄서를 맡고 있는 존재감을 확실히 드러내는 독무다.

"와아아아악!"

쇼케이스장은 이미 팬들의 열기로 후끈 달아올라 있었다.


*네가 만든 원 안에 나는 아직 갇혀서*
*조금도 나갈 수 없어*
*눈부시게 빛나는 Fantasia*
*좁은 이곳이 내겐 감옥 같지 않아*
*Our life is not a fantasia*


얼마나 연습했는지 눈에 훤히 그려지는 무대.

조금의 흐트러짐도 없이 깔끔한 동선과 박자를 놓치지 않는 칼군무까지.

저게 신인 그룹다운 패기이지.

쇼케이스 현장을 한두 번 돌아다녀 본 것이 아닌 두 사람이다.

연예부 기자로 활동하면서, 정말 숱하게 다녔었다.

그런데.

이 정도의 전율을 느끼는 것은 오랜만이다.

여운이 상당해서, 차마 입을 다물 수 없었다.

한동우 기자는 고개를 돌려 고정하 기자를 바라보았다.

무대가 시작되기 전에만 해도 별 감흥 없이 기삿거리를 찾아왔던 사람이……. 이제는 넋을 놓고 무대를 보고 있었다.

"노래 진짜 좋네요."

한참 동안 말을 잇지 못했던 고정하 기자는, 그렇게 짧게 결론 내렸다.

그는 여전히 얼빠진 표정으로 한동우 기자에게 물었다.

"이다영 저 친구가 편곡했댔죠?"

"네, 그럴 겁니다."

무대 위에서 수줍게 뛰어다니는 한 아이.

한동우 기자는 이다영을 흐릿하게 기억하고 있었다.

어린 나이에 비해서도 더더욱 앳된 얼굴에, 인터뷰 당시에는 꽤나 낯을 가렸던 성격으로 기억한다.

저래 보여도 편곡에는 천부적인 재능을 가지고 있었던 모양이다.

원곡을 들어 보진 않았지만, 저 아이를 작곡 과정에 참여시킨 것은 신의 한 수였을 것이다.

기존 에이틴의 색깔이 부드럽게 스며들어 유니티지라는 새 그룹에서 빛을 발했다.

이전에 무대에서 합을 맞췄던 다섯은 이곳에서도 제 존재감을 확실히 드러내고 있었다.

"에스떼은 에스떼이야."

분명 저 기획사가 또다시 일을 친 거라고.

비록 말도 많고 탈도 많았던 데뷔였지만.

화제성을 떠나 실력만은 진짜다.

고정하 기자는 그렇게 확신하며 중얼거렸다.

"어떻게든 히트 칠 거야."

<br>

\*　　　　　\*　　　　　\*

<br>

열정적인 첫 무대를 마치고 다들 숨을 헐떡이며 자리에 앉았다.

그때까지도 팬들의 환호성은 끊이지 않았다.

꽤 많은 사람들이 올 거라는 건 알았는데, 이렇게 보니까 느낌이 다르다.

신서진은 거친 숨을 몰아쉬며 살짝 손을 흔들어 보였다.

"꺄아아아아아아악!"

"와아아아악!"

학교 축제부터 데뷔 평가까지.

이런 무대 위에 처음 선 게 아님에도, 여태까지는 겪어 본 적 없는 스케일이었다.

무엇보다 이렇게 많은 사람들이.

이 무대 하나 보겠다고 여기까지 찾아왔다는 생각에, 어쩐지 묘한 기분이 드는 것이다.

팬들의 환호성을 뚫고, 사회자가 우렁찬 목소리로 외쳤다.

"유니티지의 첫 무대 'Fantasia' 정말 잘 봤습니다!"

동시에, 수십 번을 연습한 인사 멘트가 자동으로 튀어나왔다.

"Be the one, Be your unit! 안녕하세요, 유니티지입니다!"

아직은 어색하고 딱딱하지만, 데뷔 첫날답게 풋풋함이 고스란히 묻어 있는 인사였다. 사회자는 가볍게 웃으면서 마이크를 건네었다.

"유니티지 멤버들, 각자 자기소개 같까요?"

기사에도 실릴, 데뷔 후 첫 자기소개.

한시은이 발그레해진 얼굴로 먼저 마이크를 잡았다.

"안녕하세요, 유니티지의 맏언니를 맡고 있는 한시은입니다!"

차례로 차형원, 이유승, 이다영의 소개가 이어진다.

"유니티지에서 춤을 담당하는 이유승이라고 합니다. 잘 부탁드립니다."

"유니티지의 작곡 유망주, 이다영입니다! 열심히 하겠습니다!"

그리고, 유민하의 차례.

마이크를 손에 쥔 채 환하게 웃어 보인 유민하가 자신 있게 말을 뱉었다.

"저는 유니티지의 감성 보컬을 맡고 있는 유민하입니다!"

"워어어어어어!"

"유민하! 유민하! 유민하!"

신서진은 두 눈을 끔뻑이며 유민하를 돌아보았다.

'감성 보컬……?'

아까 백 스테이지에서는 저런 거 절대 안 하겠다더니만…….

다들 부끄러워하면서도 제법 잘한다.

마이크는 돌고 돌아 어느새 신서진의 앞에 왔다.

지금까지 감성 보컬이니, 작곡 유망주니, 거창한 수식어가 너무 많이 튀어나왔다.

표정 관리가 너무 힘들었을 뿐더러, 진지하게 손발이 사라질 뻔했다.

신서진은 수식어를 선호하지 않았다.

모름지기 자기소개는 짧고 굵게. 그리고, 당당하게 해야지.

그런고로, 신서진은 두 눈을 반짝이며 말을 뱉었다.

"안녕하세요, 갓서진입니다."

"오……."

"……."

"우와……."

주변이 잠시 조용해졌다.

쿡쿡 웃어 대는 앞자리의 팬들이 신서진의 눈에 들어왔다.

"이야, 이걸 본인 입으로……."

"많은 분들이 그렇게 불러 주셔서요."

"아, 그랬구나."

사회자는 감탄을 터뜨리며 웃었다. 신인치고 긴장한 기색도 없는 데다가 더없이 당당하다. 저… 한 점 부끄러움 없는 표정.

"노래의 신입니다."

"어우, 네. 멋있으세요."

사회자가 엄지손가락을 치켜올리자 신서진은 감사하다는 듯 고개를 꾸벅였다.

"갓서진! 갓서진! 갓서진!"

"꺄아아아아아!"

소리 없이 웃어 대던 최성훈이 신서진의 마이크를 뺏었다.

"이거 진짜 팬분들이라서 받아 주시는 거지……. 저희가 정말 감사하게 생각합니다."

최성훈의 능청스러운 한마디에 사회자가 웃으며 되물었다.

"아, 그러면 숙소에선 이러면 안 받아 주나요?"

"아뇨……. 받아 주긴 합니다."

"어, 왜죠?"

실제로 갓서진이니 뭐니. 가장 먼저 수식어를 붙여 준 건 최성훈이었다.

문제는 그걸 본인 입으로도 떠들고 다닌다는 건데…….

생각해 보니 그런 수식어에 태클을 걸어 본 적이 없었다.

"어… 그건……."

최성훈은 두 눈을 굴리다가 조심스레 대답했다.

"진짜 별명이 그래서 더 그렇게 느껴지는 건지는 모르겠네요. 가끔은 이 친구가 인간이 아니라 신의 경지다……."

"아, 그렇게 느낄 때가 있어요? 실력 면에서?"

실력도 실력인데…….

"약간 평범한 인간이 할 수 없는 발상을 해요."

푸하하.

다시 관객석에서 웃음이 터져 나왔다.

기타 들고 백텀블링하던 시절부터, 포켓돌 에피소드까지.

신서진이 이미 벌여 놓은 기행이 한두 가지가 아니니 다들 이해하는 눈치였다.

최성훈은 싱긋 웃으며 멘트를 마무리했다.

"그게 매력이죠."

"그렇습니다."

신서진은 뿌듯한 얼굴로 고개를 끄덕였다.

사회자는 다시 한번 웃으며 대본을 확인했다.

슬슬 다음 이야기로 넘어가야 할 차례였다.

"데뷔 준비하면서 이 무대를 위해서 엄청 많은 시간을 연습하고, 또 노력했을 거 아니에요."

"그렇죠."

사회자의 말에 이다영은 배시시 웃어 보였다.

사실 지금 이 자리에서도 데뷔가 실감나지 않는 사람들이 많다.

데뷔조 안에 들기 위해 노력했던 걸 생각하면, 다들 감회에 젖어드는 건 어쩔 수 없었다.

사회자는 쇼케이스를 돌며 신인 그룹들에게 공통적으로 했던 질문을 물었다.

"그러면 데뷔 전에 가장 힘들었던 게 뭐에요?"

"데뷔 전에… 음……."

이번에는 유민하가 가장 먼저 마이크를 잡았다.

"어······. 열심히는 했는데 제가 잘 가고 있는 건지 잘 모르 겠다는··· 그런 거 아니었을까요?"

"아, 그런 불확실성."

"그렇죠."

사회자는 부드럽게 미소를 지으며 고개를 끄덕였다.

그때, 그녀의 시선이 끝자리의 한 사람에게 꽂혔다.

"그러면 신서진 학생은?"

아까부터 묘하게 특이한 구석이 있길래, 이 질문에는 어떻게 대답하나 한 번 툭 던져 보았다.

"저요?"

갑자기 훅 들어온 질문에 신서진은 움찔했다.

솔직히 질문에 대답하는 건 일도 아닌데, 아까부터 느껴지 는 부담스러운 시선들에 눈치가 보인다.

'대답 잘해라······.'

마치 저렇게 말하는 듯한 눈빛이다.

신서진은 유민하의 빤한 시선을 피하면서 마이크를 손에 쥐 었다.

의외로 정상적인 대답이 튀어나왔다.

"저는 학교에 가지 못한 게 가장 힘들었던 것 같아요."

데뷔 클래스 이후에는 A반 애들이랑 수업 듣는 시간도 적었 다.

그 안에서 준비해야 하는 평가들이 있으니, 아무래도 같은 시간을 보낼 여유도 없었을 테고.

사회자 역시 단번에 이해가 간다는 듯 신서진의 말에 공감했다.

"아, 어린 나이에 데뷔를 하니까 친구들이랑 같이 뛰어놀고 그래야 하는데. 그런 걸 못 해서 아쉬웠군요."

"아……."

신서진은 고개를 갸웃거리며 두 눈을 끔뻑였다.

"아뇨……?"

힘들었던 건 그게 맞는데, 이유가 조금 달랐다.

신서진은 진지한 얼굴로 대답했다.

"급식을 못 먹어서요."

서울예고 급식이 진짜 맛있는데.

SW 엔터는 식단 관리만 시키지, 맛있는 걸 주지 않더라.

"급식… 꼭 먹고 싶었는데……."

신서진은 시무룩한 얼굴로 중얼거렸고, 왜인지 사방에서 웃음소리가 터져 나왔다.

사회자는 당황한 기색을 숨기며 능청스럽게 수습했다.

"아… 이게 평범한 인간이 할 수 없는 발상인가요."

다들 농담인 줄 아는 모양새였기에, 진지한 건 오직 신서진뿐이었다.

'쟤, 진심인데……?'

아무래도 더 물어봤다가는 다른 헛소리가 나올 것 같았다.

사회자는 이후 멘트를 생략하고선 바로 다음 대본으로 넘어갔다.

"우리 유니티지를 붙잡고 물어보고 싶은 게 너어무 많은데……. 아쉽게도 기다리고 있는 무대가 더 많거든요."

"와아아아아아!"

"네, 토크는 다음 무대 보고 이어서 다시 돌아올게요!"

이 뒤로 에이틴 무대와 B유닛, G유닛, 한시은 솔로 무대까지 봐야 할 무대가 많다.

"그다음은 에이틴의 무대 보여 드리도록 하겠습니다!"

사회자의 한마디와 동시에, 무대 위로 불이 꺼졌다.

\*　　　　　\*　　　　　\*

그라운드 1열.

돌출 무대 바로 앞에 앉아 있던 이수연은 제 입을 틀어막고 말았다.

지금… 뭘 보고 있는 거지?

*정신을 놓고 즐겨*

*여긴 네가 본 적 없는 Past*

*지금은 다시 닿을 수 없는 Future*

*나는 사실 잘 몰라 It's look a like a stranger*

이번 앨범의 수록곡들에 이어서, 전혀 기대하지 않았던 'Future and past' 공연까지.

축제에서 녀석들의 무대를 처음 보러 갔을 때가 떠오른다.

제대로 덕질을 시작한 지 얼마나 되었다고, 괜한 향수에 젖게 만드는 무대다.

*그토록 무시하고 짓밟아도*
*결국 다 돌아오게 되어 있는 걸*
*유행은 돌고 돌아*
*나는 다시 네 앞에 서 있어*
*외쳐 다 지나간 일일 뿐인걸*
*더는 날 무시하지 말아*

이수연은 제자리에서 방방 뛰면서 소리를 내질렀다.

콘서트장과 다름없는 열기에 이 넓은 관객석이 달아오르고 있었다.

"꺄아아아악!"

팬들의 함성 소리에 덩달아 벅차오르는 감정.

하마터면 눈물을 쏟을 뻔했다.

*정신을 놓고 즐겨*
*여긴 네가 기다려 온 past*
*지금은 다시 뺄 수 없는 future*
*나는 사실 잘 몰라 It's water under the bridge*

돌출 무대 앞…….

여기에 자리를 잡길 잘했다.

엄청난 경쟁률을 뚫고 그라운드를 잡아 낸 제 손에게 칭찬해 주고 싶은 날이다.

가끔씩 최성훈이 앞으로 걸어 나올 때면 그 자리에서 기절해 버릴 수 있을 만큼 황홀했다. 응원을 해야 하는데, 구호조차 입 밖으로 튀어나오지 않는다.

이수연은 두 눈을 반짝이며 중얼거렸다.

"얘들아, 너무 멋져……."

우리 애들 무대 천재였어.

알고는 있었는데, 이렇게 눈으로 보니 체감이 다르네?

카메라 반입이 가능했다면 저 모든 장면을 하나하나 담아서 한평생 간직하고 싶을 만큼 완벽한 무대였다.

오늘 첫 데뷔한 신인들에게는 버거웠을 무대.

어느 정도 삐걱대는 모습을 감안하고 보고 있었는데, 흠잡을 구석이 도무지 보이질 않았다.

아, 물론 인터뷰에서는 많이 보였다.

무대 위에서는 천재처럼 날뛰면서, 마이크만 쥐면 튀어나오는 신서진의 헛소리.

최성훈이 살아 움직이는 모습을 눈앞에서 본 것도 행복한데, 신서진의 인터뷰를 1열에서 직관하다니. 아마 오늘 밤이면 후기글에 주르르 언급되지 않을까?

"급식 먹고 싶었구나, 서진아. 나는 네 미트볼스파게티도 사랑해 줄 수 있어."

이수연은 감격한 목소리로 중얼거렸다.

티저 영상에서도 직감했지만 노래는 완벽했다.

"이제부터 음방 뛴다……."

현생아, 안녕.

이수연은 떠나가 버린 제 현생에 묵념하고 있다가, 다음 곡이 시작하는 소리에 다시 비명을 내질렀다.

아직 끝나지 않은 무대.

"꺄아아아아!"

"유니티지! 유니티지! 유니티지!"

팬들의 응원과 함께.

그렇게 쇼케이스의 밤이 저물고 있었다.

\*            \*            \*

—데뷔 전에 가장 힘들었던 게 응… 그래… 급식 못 먹는 거였구나

ㄴ쓸데없이 진지해서 더 어이없어 ㅋㅋㅋㅋ

ㄴ에스떱에서 식단 관리 너무 시킨 거 아니야? 오죽하면 급식을 그리워해 ㅠㅠ

ㄴ서을예고 급식은 급식 중 원탑이니까……?

ㄴ전에 급식 사진 봤는데 급식이 그리울 만함

ㄴ거의 호텔식인 줄

ㄴ아니, 그래도 왜 하필 급식인데ㅋㅋㅋㅋ 차라리 뷔페가 먹고 싶다고 하라고

—서진이, 너 급식충이었구나…….

ㄴㅋㅋㅋㅋㅋㅋㅋㅋㅋㅋㅋㅋㅋㅋㅋㅋㅋㅋㅋㅋ미친

ㄴ급식충 ㅋㅋㅋㅋㅋ 미친 넘아 ㅋㅋㅋㅋㅋㅋ

ㄴ상상도 못 한 발언

ㄴ저기요 서진이 상처받아요

ㄴ맞말이긴 한데… 어……. ㅋㅋㅋㅋㅋㅋㅋㅋㅋㅋ

ㄴ데뷔 쇼케이스부터 급식충 등판해 버린 갓서진…….

ㄴ갓서진이라면서……. 이거 급식의 신 뭐 그런 거야?

ㄴ열여덟이면 한창 급식 좋아할 나이지…….

ㄴ할미는… 충격받았다…….

—??? 저 궁금해서 그러는데 왜 데뷔 무대 얘기는 없고 급식 얘기만 있어요? 여기 서을예고 급식 게시판인가

ㄴㅋㅋㅋㅋㅋㅋㅋㅋㅋㅋㅋㅋㅋㅋㅋㅋㅋ

ㄴ내일 메뉴는 미트볼스파게티래용

ㄴ오… 진짜요?

ㄴ뭘 또 진짜요야 미친

ㄴ팬들도 만만치 않아 여기… 다 이상해…….

ㄴ광기 어린 댓글들

ㄴ원래 돌판은 그 연옌에 그 팬 국룰임 다 또라이들만 모여 있는 게 분명함

—급식충 신서진과 성공적이었던 쇼케이스. 네, 이렇게 기억하고 있으면 될까요?

ㄴ아니 ㅋㅋㅋㅋㅋ인터뷰 ㅈㄴ 많이 떴었는데 요약본은 왜 이래

ㄴ솔직히 다른 인터뷰보다 저게 임팩트가 셌어

ㄴ누가 서진이 학교 좀 보내 줘요……. 점심시간만이라도…….

ㄴ근데 급식을 떠나서 무대는 쩔었는데

ㄴ영상 뜬 거 보니 장난 아니더라

ㄴㅇㅇ 신인답지 않아

└하지만 급식충에 묻혀 버렸지…….


쇼케이스가 끝나고 숙소로 돌아가는 차 안.

신호를 기다리고 있던 고선재 매니저가 운전대를 잡고 뒤를 돌아보았다.

"어, 서진아."

"네?"

"팬들이 너보고 급식충이란다."

아까 대기실에서부터 이미 실시간으로 올라오는 댓글들을 봤던 참이었다.

분명 다른 인터뷰가 주목받을 줄 알았는데, 정작 기사들 메인에 뜬 타이틀은 하나같이 '신서진, 급식 좋아해' 따위의 개쓸데없는 것들이었다.

"대체…그게 왜 이슈인 거야?"

유민하는 이해할 수 없다는 듯 중얼거렸고.

그 옆에 앉은 최성훈은 배를 잡고 웃어 댔다.

"아학학학……. 미쳤냐, 진짜."

인터뷰 때부터 싸하긴 했다. 팬들이 하도 웃어 대길래, 후기에 뜰 거라고는 생각했는데 그게 당당히 기사 타이틀에 걸릴 줄은 몰랐지.

급식을 좋아하는 아이돌.

팬들은 귀엽다고 좋아해 주는 거 같긴 한데, 옆에 있는 멤버의 속은 타들어 간다.

유민하는 한숨을 내쉬며 신서진을 돌아보았다.

"야, 너 데뷔부터 이미지 어쩔 거야."

"그러게. 누가 인터뷰 때 그런 발언을… 하아… 말을 말자."

서하린은 혀를 차며 이마를 손으로 짚었다.

물론 이 모든 일의 장본인.

정작 신서진의 안색은 밝았다.

"오, 제가 급식충이래요?"

'요즘 말 모음'에서 많이 봤던 말이었다. 그 말을 익히 알고 있던 신서진은 실제로 스스로를 급식충이라고 지칭하기도 했다.

급식을 사랑하는 모임이 있다면, 그 회원 안에 반드시 들어갈 것이라고 스스로도 생각했으니까. 뿌듯해 마지않는 표정의 신서진을 본 이유승이 퉁명스레 말을 던졌다.

"야, 그거 욕이야. 인마."

"뭐?"

이유승의 한마디에 신서진은 얼굴을 찌푸렸다.

급식충이 욕이라니.

"모함하지 마. 팬분들이 그럴 리가 없어."

지금도 차곡차곡 빛의 가루를 쌓아 주는 중인데.

그리 고마운 분들이 자신을 욕할 리 없다고 생각한다.

어찌 되었건, 오늘 쇼케이스는 굉장히 성공적이었고. 목표대로 잘 가고 있는 중이다. 디오니소스도 이 소식을 들으면 기뻐할 것이다.

신서진은 감사한 마음으로 중얼거렸다.

"세계 최고의 가수에 한 발짝 다가섰어."

응?

"…벌써부터 김칫국을 그렇게 마신다고?"

최성훈은 어이가 없다는 듯 놀라 되물었다.

아니, 데뷔한 지 한 시간 남짓밖에 안 되었는데. 어디서부터 헛바람이 든 것인지 세계 최고를 논하고 있다.

신서진은 뭐가 문제냐는듯 고개를 갸웃거렸다.

"왜?"

"신인치고 너무 건방지잖아……!"

건방지다니…….

황당해하는 최성훈을 향해 신서진이 물었다.

순수한 궁금증이었다.

"세계 최고의 가수가 되기 위해서는 연차가 중요한가?"

"그건… 아니지."

"그럼 뭐가 기준이지?"

모호한 질문에 최성훈은 머리를 긁적였다.

어… 또… 그런 건 생각을 안 해 봤네.

세계 최고의 가수라는, 그런 대단한 타이틀에 대해 한 번도 고민해 본 적이 없어서 그랬다.

그래도, 굳이 조건을 따져 보자면 생각나는 게 있긴 한데…….

잠시 고민하던 최성훈이 턱을 쓸어내리며 말했다.

음.

"빌보드 1위? 그래미 어워드……?"

빌보드… 그래미…….

두 단어를 입에 굴리던 신서진이 이내 고개를 끄덕였다.

"어, 노력해 볼게."

서하린은 그 자신감에 질색하며 받아쳤다.

"네가 노력한다고 뚝딱 나오는 거 아니야, 그거!"

"빌보드가 뭔데?"

"응… 아… 그걸 몰랐구나……."

애초에 신서진이 이해했을 거라 생각하지도 않았던 허강민이 뒷자리에서 차분히 설명해 주었다. 괜히 A반의 반장이 아닌 건지 이럴 때마다 친절하게 나서는 건 허강민이었다.

"빌보드 차트라고, 노래 순위 같은 건데……. 전 세계 가수들이 있으니까 아무래도 상당히 차트 인 하기 어려운……."

그때였다.

끼이이익ㅡ.

숙소 앞에 차를 멈춰 세운 고선재 매니저가 흥분한 목소리로 외쳤다.

"어… 어어! 얘들아 7시지?"

"네?"

그러고는, 덧붙인다.

"너네 순위 떴겠다."

그 한마디에 다들 긴장한 얼굴이 되었다.

\*　　　　　\*　　　　　\*

최성훈이 떨리는 손으로 휴대전화를 꺼냈다.

차 안은 숨소리조차 들리지 않을 정도로 고요했다.

다들 최성훈의 손에 들린 결과에 집중하고 있다.

"……."

지금쯤 떴을 음원 차트 순위.

데뷔한 지 1시간 된 신인 그룹 주제에 좋은 성적을 바라는 게 과분할 수도 있지만.

그래도……. 이렇게 된 이상 모두가 바라는 것은 하나였다.

차트 인.

100개의 곡 중에 우리 곡이 있었으면 좋겠다.

최성훈은 두 눈을 질끈 감은 채 음원 어플을 켰고.

"으……."

인상을 찌푸리며 스크롤을 확 내렸다.

서하린은 빽 소리를 내지르며 두 팔을 버둥거렸다.

"악! 뭐 하는 거야! 더 긴장되잖아!"

"후… 하… 후하……. 밑에서부터 볼 거야."

최성훈은 거친 숨을 몰아쉬며 한 손으로 휴대폰을 가렸다. 이제 밑에서부터 차근차근 순위 하나씩…….

딱!

"왜 때려!"

"아, 제발 그냥 좀 보라고!"

그러니까 더 떨린다며 신경질을 내던 서하린은 결국 최성훈의 휴대전화를 확 뺏어 들었다.

순위 하나 보는 길이 이리도 험난하다.

최성훈은 침을 꼴깍 삼키며 서하린을 내려다보았다.

"뭐야, 어떻게 됐는데?"

"왜? 차트엔… 없어?"

슥슥.

열심히 스크롤을 올리던 서하린의 손이 멈췄고.

무슨 일인지 그녀는 그대로 얼어붙었다.

모두 숨을 죽인 채 서하린을 바라보고 있던 순간.

마침내 서하린의 입술이 떨어졌다.

"우리… 71등이야."

"꺄아아아아아악!"

"뭐? 바로 차트 인이야?"

"와아아악! 와아아아아악!"

빵빵—.

고선재 매니저는 흥분한 나머지 냅다 경적을 울려 버렸다.

"애들아, 축하한다!"

"와아아아아악!"

누가 먼저랄 것 없이 서로 부둥켜 안고선 이 감격을 실감한다. 데뷔를 위해 개고생을 했던 시간들이 주마등처럼 머릿속을 스쳐 가면서, 서하린은 저도 모르게 울먹거렸다.

첫 앨범에 차트 인.

이렇게 감사할 수가 없다.

그리고, 또 한 사람.

신서진은 두 손을 모은 채 감격스레 중얼거렸다.

"빌보드 차트 인……."

그렇게 대단한 목표를 첫 앨범으로 이뤄 냈다니.

진짜 감격스러워.

"그거 아냐."

그 헛소리는 유민하가 자연스럽게 차단해 버렸다.

*　　　　*　　　　*

음방 첫 주차.

무한 대기의 연속이라는 음악방송의 악명은 익히 들어왔다.

더불어 아침 일찍부터 늦은 시간까지 촬영 하나에 매달려야 한다는 소리도.

그런데.

그걸 아는 것과 직접 겪는 것은 천지 차이였다.

5시에 기상해서 샵에 도착. 밥 먹을 시간은 거의 없이 곧바로 방송국으로 이동해서 녹화를 따야 하는 스케줄이라니.

너무 빡세서 미쳐 버릴 지경이었다.

짧게나마 연습생 생활을 하면서 잠을 줄이는 법은 충분히 익혔다고 생각했는데.

거기에 심리적 압박감까지 더해지면서 체감은 데뷔 평가 전날의 기분이었다.

체력이 떨어져 가는 건 당연지사다.

신서진은 그나마 멀쩡한 정신이었지만, 나머지 멤버들은 머리를 하는 동안 거의 기절해 버린 뒤였다.

꾸벅꾸벅.

쉬지 않고 졸아 대는 애들을 붙잡고 열심히 머리를 펴고 있는 헤어디자이너. 신서진의 뒤에도 헤어디자이너 한 명이 서 있었다.

연예인들이 많이 오는 곳이자, SW 엔터 단골 헤어샵에서 근무하는 헤어디자이너 제인이었다.

금발로 염색한 머리에 진한 화장을 하고 있는 여자.

여느 디자이너들이 그렇듯 꽤나 개성 있는 인상이었다. 신서진은 그녀를 힐끗 올려봤다가 다시 거울을 돌아보았다.

아직 메이크업을 받기 전이라 그런지 유독 더 초췌하다.

"이… 이게 데뷔구나."

신서진은 퀭한 눈으로 중얼거렸다. 다른 멤버들이 전부 기절해 버린 바람에, 이 샵에서 유일하게 버티고 있는 생존자나 다름없었다.

나중에 여유라도 생기면 샵에서 농담 따먹기라도 할 텐데. 신인이라서 그런지 아직 적응되지 않았구나.

제인은 졸고 있는 애들을 보며 피식 웃었다.

그녀는 조용히 앉아 있는 신서진을 향해 말을 걸었다.

"이번에 데뷔하는 신인이에요?"

"아, 네."

"아예 첫 무대……?"

신서진은 천천히 고개를 끄덕였다. 음악방송 정식 출연으로는 이번에 첫 무대다.

첫 데뷔, 첫 무대. 첫 방송.

수천 년을 살았음에도 '처음'이라는 수식어가 이렇게 많이 붙는 경험을 하게 될 줄이야.

신서진은 졸린 눈을 비비며 제인과 대화하기 시작했다. 그런 모습은 누가 봐도 신인 그 자체였고, 고이다 못해 썩어 버린 연예인들을 주로 봐 온 제인에겐 제법 신선한 인상이었다.

제인은 아직 파릇파릇한 이 신인에게 괜한 호기심이 생겼다.

"지금은 한창 떨릴 시기인데. 안 떨려요?"

"떨리진 않습니다."

"오… 배짱이 좋네? 확실히 대형 기획사 출신이라서 자신감이 있나 봐요."

"……?"

"그러면 이번 활동 목표 같은 거 있어요?"

제인은 헤어샵에서 오래 근무하면서 갓 데뷔한 신인들을 종종 보곤 했다. 비록 성공하지 못하고 어느 순간 슬금슬금 사라지는 신인들도 많았지만, 바늘구멍 같은 확률을 뚫고 성공하는 연예인들도 있었다.

아무것도 모를 신인 시절.

저 때는 한창 꿈과 희망이 넘칠 시기였다.

이제 막 데뷔했지. 열정은 끓어오르지.

패기까지 넘치니까 꿈도 방향성도 확고하다.

그 불같은 열정을, 제인은 싫어하지 않았다.

그래서 궁금했다.

요번에 자신이 맡게 된 이 꼬꼬마 신인은 어떤 꿈을 가지고 있는지.

그런데.

"빌… 보드……."

응?

잘못 들었나 싶어 제인은 두 눈을 동그랗게 떴다.

"빌보… 드……."

아까까진 멀쩡했는데.

꾸벅.

꾸벅.

"어머, 자요?"

비틀거리던 신서진이 그대로 고꾸라져 버렸다.

"빌……."

아무래도 너무 피곤했던 모양이었다.


    `        *        *        *


밴에서 멤버들이 내리자마자, 사방에서 플래시가 터져 나온다.

공중파 음악방송, 뮤직은행의 출근길.

새벽부터 대기하고 있던 팬들이 환호성을 지르며 유니티지를 맞이한다.

"꺄아아아아악!"

전부 유니티지의 실물 하나 보겠다고, 음악방송에 신청해서 이른 아침부터 준비해 이곳까지 온 사람들이다. 이수연은 그중 하나였다.

신인이라 그런 것도 있겠지만, 쇼케이스 그라운드석 관람부터 음방 당첨까지.

이번 덕질은 유독 잘 풀리는 것이다.

"성훈아아아아악!"

그녀의 목소리를 들은 최성훈이 동그랗게 뜬 눈으로 이쪽을 돌아보았다. 밴에서 내리는 와중에 함성 소리를 듣고 놀란 탓이었다.

다른 가수들을 보러 온 건 줄 알았는데, 우리들 팬이었다. 최성훈뿐만 아니라 다른 멤버들도 전부 얼떨떨한 분위기.

"유니티지 파이팅!"

"꺄아아아!"

"서진아, 이쪽 한 번만 봐 줘!"

"와아아아아아악! 누나는 죽어도 여한이 없어어억!"

아직 데뷔를 한 지 얼마 안 된 터라 고작 출근길에 몇 분 보러 이렇게 많은 팬들이 찾아왔다는 것에 당황한 눈치였다.

다들 신입답게 귀엽게 두 눈을 굴리고 있는 와중에, 딱 한 사람.

신서진은 대놓고 관심을 즐기고 있다.

"갓서진! 갓서진! 갓서진!"

이쪽을 향해 손을 흔들어 보이더니, 묘하게 흐뭇한 표정으로 웃고 있다가 이내 하트까지 날려 주는 것이…….

"천상 아이돌이야……."

뭐야, 쟤.

엊그제 쇼케이스장에서 헛소리하던 걔 맞아?

이수연은 침을 삼키며 놀란 눈을 끔뻑였다.

아주 능청스러운 데다가 팬 서비스도 장난 아니다.

매니저가 어서 들어가야 한다고 반쯤 질질 끌고 들어가기 전까지, 신서진은 그 자리에서 보여 줄 수 있는 건 다 보여 주고 갔다.

가볍게 차려입은 사복.

오늘 신서진의 패션은 흰 셔츠에 청바지였다. 특별할 것도 없는 사복인데… 심플 이즈 더 베스트랄까.

사진에 아주 완벽하게 담길 것 같다.

삘이 왔다.

찰칵.

홈마로도 활동 경험이 있던 이수연은 신서진의 모습을 사진으로 담았다.

최애인 최성훈 위주로 찍으러 온 거지만, 저 능청스러운 팬 서비스에 반해 버렸다.

머리 위로 환하게 내리쬐는 햇살에, 센스 있는 사복.

오늘따라 유독 빛나는 얼굴까지.

찰칵.

찰칵.

완벽한 구도로 사진이 찍혔다.

"Be the one, be your unit! 안녕하세요, 유니티지였습니다!"

"꺄아아아악! 얘들아, 잘 들어가!"

비명에 가까운 환호성을 지르는 팬들과 함께 격렬하게 손을 흔들며 유니티지를 떠나보낸다.

그렇게 녀석들이 방송국 안으로 들어간 후에야, 이수연은 뒤늦게 정신을 차렸다.

"아!"

그녀는 빠르게 카메라를 확인했다.

방금 찍은 사진을 확인하기 위함이었다.

삘이 오길래 찍은 거긴 한데…….

"와, 미친."

사진을 확인한 순간, 이수연의 입에서 탄성이 튀어나왔다.

그동안 숱한 아이돌 사진을 찍어 왔지만, 이번 사진은 생각보다 더 잘 나왔는데.

내가 찍은 사진이지만… 대박이잖아?

"서진아, 너 이거 완전 A컷인데?"

이수연은 그렇게 중얼거리며 입을 틀어막았다.

이런 보배 같은 사진을 혼자만 보고 있을 수는 없다.

"이건… 올려야 해."

어차피 올릴 거긴 한데.

기왕이면 많은 사람들이 봐야 해.

그 사진이 몰고 올 여파는 꿈에도 생각하지 못한 채, 그녀의 손가락은 이미 움직이고 있었다.


＊　　　　　＊　　　　　＊


다음 날, 음악방송 대기실.

무슨 일인지 최성훈이 난리가 났다.

아침에 헤어샵에서 메이크업을 받을 때만 해도 좀비처럼 기절해 있던 녀석이 무슨 일인지 깔끔히 부활했다. 안 그러면 저렇게 날뛸 수가 없지.

"신서진! 신서진! 야, 너 이거 봤어?"

"왜, 무슨 일인데?"

신서진은 심드렁한 얼굴로 고개를 돌렸다.

최성훈과는 B유닛 숙소에서 같은 방을 쓰고 있다. 거기서도 시도 때도 없이 호들갑을 떠는 것이 하루 이틀이 아니라서, 이제는 적응해 버렸다.

오늘도 별일 아니겠거니 했는데…….

"이거 사진 봤어? 음방 출근길에 네 사진 찍힌 거?"

예상대로 별일이 아니었다.

신서진은 두 눈을 끔뻑이며 최성훈이 내미는 휴대전화를 확인했다.

화면 속에 있는 것은 자신의 사진.

머리부터 발끝까지 빛이 나는 것이, 완벽한 자신의 용안이었나.

신서진은 이해할 수 없다는 듯 물었다.

"뭐가 문젠데?"

"너무 잘 찍혔잖아!"

"쟤 또 왜 저래……."

최성훈의 호들갑에 인상을 찌푸린 서하린이 자리에서 일어났다.

얼마나 사진이 잘 나왔길래 이른 아침부터 대기실에서 방방 뛰어 대는 건지, 두 눈으로 확인하기 위함이었다.

"줘 봐, 대체 뭔데."

그렇게 신서진의 사진을 받아 든 서하린의 두 눈이 동그래졌다.

"히… 이이이익?"

"맞지! 그 반응 맞잖아!"

"뭐야, 이거 누가 찍어 준 거야? 사람이 달라졌는데?"

신서진은 얼굴을 찡그리며 두 사람을 번갈아 바라보았다.

저 반응들, 상당히 불쾌하다.

"이건 내가 알던 사람이 아닌데."

"그러게. 이 창조주는 누구야?"

"와… 쟤 숙소에서 얼굴을 보면……."

개자식들.

보다 못한 신서진이 한숨을 내쉬며 정정했다.

"미안한데, 나는 원래 잘생겼지."

"…와, 재수 없는데?"

"본판은 더 잘생겼어."

"언제 성형했어?"

그게 아니라…….

신서진은 짜증 섞인 목소리로 부정하며 최성훈의 휴대전화를 빼앗았다.

다시 봐도 잘 모르겠는데.

이게 이렇게 호들갑까지 떨 일인가 싶지만 최성훈은 진지했다. 아예 이제는 제 어깨를 붙잡고 열변을 토하고 있는 중이었다.

"야, 어쨌든 너 지금 이 사진으로 완전 핫해. 우리만 그렇게 생각하는 게 아니라, 진짜 객관적으로 잘 찍힌 게 맞다니까?"

"그게… 좋은 거야?"

"야, 당연하지!"

최성훈의 말에 따르면 사건의 전말은 이랬다.

어제저녁에 이 사진이 올라오면서 각종 커뮤니티에서 난리가 났단다.

"말도 마. 이걸로 완전 뒤집어졌어."

그냥 평범한 사진 한 장이라면 아무 상관 없었겠지만, 그 덕분에 유명세를 타게 되면 얘기가 달라진다.

"파랑새에서도 알티 엄청 터지고, 여기 실시간검색어에도 떴던데. 엄청 좋은 거야, 신인은 인지도가 생명인데."

"그건 맞지. 사진 보고 관심 가져서 입덕하는 팬들도 있을 거 아냐."

서하린도 고개를 끄덕이며 동조하는 걸 보니 사실은 맞는 듯하다.

신서진은 얼떨떨한 표정으로 사진을 내려다보았다.

음.

자꾸 저렇게 말하니 세뇌되는 기분인데.

좀 잘 찍힌 것 같기도 하고……?

확실히 그동안 찍힌 사진보다는 눈에 확 띄긴 한다.

야외 촬영이었기에 자연광 덕에 분위기가 화사한 데다가, 새하얀 상의가 제 얼굴과 잘 맞았던 듯싶었다.

누구의 작품인지 궁금해진다.

신서진은 호기심 어린 눈빛으로 최성훈에게 물었다.

"누가 찍은 거지?"

신서진의 질문에 최성훈은 잠시 고민하더니 대답했다. 자신도 이런 걸 잘 아는 편은 아니었지만, 난리가 난 본계정을 보아하니…….

"홈마들이라고, 우리 출근길 앞에서 찍어 주시는 분들 계시잖아."

"아…….".

어제 그 사람들?

어쩐지 그 조그만 곳에 사람들이 어마어마하게 모여 있더라.

플래시를 터뜨리는 것이, 단순히 인증 샷을 남기기 위함이라고 생각했는데 그 좁아 터진 곳에서 이런 근사한 사진을 찍고 있었나.

최성훈은 사진을 손으로 가리키며 덧붙였다.

"보니까 되게 유명하신 분이 찍어 주셨던데. 이 정도 A컷이면 네가 절해야지. 이 실력이면 사진작가 하셔도 되겠다."

"으음… 절…….".

신서진은 최성훈의 말에 고개를 끄덕이며 웃었다.

표정을 보니 무언가를 골똘히 생각하고 있는 눈치였다.

*　　　　*　　　　*

음악방송 K—net의 퇴근길.

활동 1주 차가 마무리되는 중이라, 팬들의 함성 소리로 가득한 퇴근길도 어느덧 익숙해지는 중이었다.

오늘은 주말이어서인지 몰려든 팬들이 더 많았고, 최성훈은 늘 그렇듯 잔뜩 들뜬 얼굴로 팬들을 향해 손을 흔들었다.

"꺄아아아아!"

대가 없는 사랑.

신서진이 팬들을 볼 때면 늘 드는 생각이었다.

먼 옛날에도 자신을 보면 환호하는 인간들이 퍽 많았지만, 그때는 적어도 자신이 그들에게 줄 수 있는 도움이 있었다.

하지만, 지금은 저들을 도와줄 만한 권능이 없다.

그럼에도 자신에게 저렇게 진심인 것이, 참 감사하다.

그때, 한 무리가 신서진의 눈에 들어왔다.

커다란 카메라를 들고선 기쁨의 비명을 내지르는 팬들. 최성훈에게 들었던 말이 머릿속을 스친다.

'홈마들이라고, 우리 출근길 앞에서 찍어 주시는 분들 계시잖아.'

덤으로, 엊그제에 커뮤니티에 올라와 아직까지 화제가 되고 있는 제 A컷 사진도.

잘 찍힌 사진 하나가 인지도에 큰 영향을 준다는 거, 처음에는 믿지 않았는데 실제로 상당히 도움이 되었다.

입덕 사진이라며 열심히 여기저기 퍼 나르는 팬들 덕에 빛의 가루가 차곡차곡 쌓이고 있다. 가능하다면 감사 인사를 전하고 싶은 마음이지만, 데뷔 후 신서진은 제법 신중해졌다.

별생각 없이 던진 말도 다음 날에 기사에 올라 있질 않나.

회사는 실수하면 눈에 불을 켜고 난리를 치는 데다가, 사소한 한마디를 다르게 해석하는 사람들이 퍽 많았으므로.

연예계는 지켜야 할 규칙들이 다분히 많은 편이었다.

그중에는 팬들과 사적으로 친분을 유지해선 안 된다는 상식도 포함되어 있었다.

'음⋯⋯. 거리 두기⋯⋯.'

그래서, 고맙다는 말을 전하되 어느 정도 거리는 두는 걸로.

그렇게 결론을 내린 신서진은 카메라를 들고 있는 무리들 쪽으로 걸어갔다.

유민하는 두 눈을 동그랗게 뜬 채 그쪽을 돌아보았다.

"쟤, 어디 가?"

쪼르르.

어느샌가 팬들이 있는 곳으로 달려가 버린 녀석.

유민하는 그런 신서진을 막으려다가 팬들의 환호성에 그대로 멈춰 섰다.

"와아아아아악!"

"꺄아아아아악!"

카메라로 신서진을 찍고 있는 홈마들.

그 앞에 멈춰 선 신서진은 유민하가 걱정할 만한 행동은 하지 않았다.

그 대신, 지극히 공식적으로.

그들을 향해 두 손을 모은 채 90도로 인사를 할 뿐이었다.

"잘 찍어 주셔서 감사합니다. 덕분에 관심을 많이 받을 수 있었습니다."

"……?"

"으… 으응?"

일단 감사 인사는 맞긴 맞는데…….

'멘트가 특이해.'

그 무리 중 한 명이었던 이수연의 말문이 막힌 것도 잠시.

신서진이 진지한 얼굴로 덧붙였다.

"여러분의 소중한 관심 하나가 제게는 큰 힘이 됩니다."

그런 얼굴로, 싱긋 웃어 보인다.

양손에는 브이. 그 행동을 이해한 홈마들의 두 눈이 동그래졌다.

"잘 부탁드리겠습니다."

포토 타임이다.

그걸 깨달은 순간.

잔뜩 흥분한 팬들이 셔터를 누르기 시작했다.

"서진아아! 귀여워어어억!"

"꺄아아아아아아악!"

"서진아, 이쪽도 봐! 찍어 줄게!"

냅다 앞 열로 밀고 나오는 팬들.

순식간에 퇴근길 현장이 행복한 비명으로 가득 찼다.

\* \* \*

[K—net 퇴근길 후기 feat. 유니티지]

주말부터 사람들 개많아서 일찍부터 줄 쪽에 비집고 들어가 있었음.

사실 나는 내 최애 보러 온 건데 갑자기 유니티지가 나오는 거임!

에스떱 신인이기도 하고, 원래 관심 가던 애들이라서 쭉 보고 있는데

젤 앞까지 신서진이 와서 자기 팬들한테 인사하고 감

팬 서비스 잘하고 신인다운 귀여움이 있더라

근데 애가 특이한 건 맞는 거 같음…… ㅎ

여러분의 소중한 관심 하나가 제게는 큰 힘이 됩니다. 이러고 가는데…….

순간 후원 모금 하러 온 아이돌인 줄 알았어.

어쨌든 실물이 더 잘생겼더라

이건 그때 찍은 컷 ㅋㅋㅋ

몇 장 두고 갈겡

[사진]

[사진]

[사진]


ㅡ사진은 개좋은데 퇴근길에… 대체 무슨 일이 있었던 거야?

ㄴ서진아… 너 뭘 한 거야?

ㄴ왜 올라오는 후기 글마다 다 이런 거밖에 없어 ㅋㅋㅋㅋㅋㅋ 이거 맞아?

ㄴ여러분의 관심 하나가 제게는 큰 힘이 됩니다 ㅋㅋㅋㅋㅋㅋㅋ ㅋㅋㅋㅋ 미쳤나 봐

└솔직한데 너무 솔직해서 어이없어

─유니세프 ㅋㅋㅋㅋㅋㅋㅋㅋㅋㅋㅋㅋㅋ

└후원 모금 돌았냐

└근데 멘트가 ㄹㅇ 그렇긴 하네

└서진아 네 뚱한 표정마저 귀여워 ㅠㅠ

─어 당시 현장에 있었던 사람이구요 저 멘트를 상당히 진지하게 말하고 가셨습니다… 팬들을 향한 진심이 느껴져서 좋았는데 특이한 성격은 아무래도 맞는듯 ㅋㅋㅋ

└덕질 인생 7년 차 후원 모금 하듯 감사 인사 전하는 아이돌은 처음 봐…….

└ㅋㅋㅋㅋㅋㅋㅋㅋㅋㅋㅋㅋ4차원이라며 마케팅하는 아이돌 중에서 유독 특이한 편이야

└참 알기 힘든 캐릭터야

└이게 진짜 만들어진 사차원이 아니라 찐 사차원이지

└유민하 난처해하는 표정 봤어? 영상 보니까 진짜 웃기던데

└어디서 볼 수 있어요?

└너튜브에 직캠 있어용

└[링크] 2분 30초요!

└ㅋㅋㅋㅋㅋㅋㅋㅋㅋㅋㅋㅋㅋㅋㅋㅋㅋㅋ진짜네

└황당하다는 표정 ㅋㅋㅋ 뒷수습은 맨날 민하가 해


\*　　　　\*　　　　\*


한성묵 팀장은 믹스 커피 한 잔을 홀짝이며 사무실에서 기

다리고 있었다.

문을 열고 들어선 신서진은 고개를 꾸벅이고선 자리에 앉았다.

그의 옆에는 뉴페이스가 앉아 있었다.

긴 생머리를 늘어놓은 한 여자.

한성묵 팀장은 별다른 설명 없이 말을 돌렸다.

"요새 어때? 피곤하지?"

"아, 네."

실제로 음방 첫 주 때는 체력이 좋은 그조차 반쯤 졸면서 돌아다녔다.

한성묵 팀장은 이해한다는 듯 고개를 끄덕였다.

전문가의 눈으로 냉철하게 평가했을 때, 현재 유니티지는 순항 중이다.

데뷔곡부터 성적이 나쁘지 않은 데다가, 방송 섭외도 꾸준히 들어오고 있어서 괜찮은 스케줄을 골라 갈 수 있는 처지가 되었다.

게다가 광고 제안도 받았지. 신인 수준에는 이만큼 잘 풀리기도 쉽지 않았다.

그래, 광고.

사실은 오늘은 그 얘기를 하러 신서진을 부른 것이었다.

한성묵 팀장은 그제야 옆자리의 여자를 신서진에게 소개했다.

"인사드려. 마케팅 팀 팀장님이셔."

SW 엔터 마케팅 팀 유설화 팀장. 신서진과는 초면이었기에 가볍게 고개를 숙여 인사를 나눴다.

한성묵 팀장이 이 자리에 그녀를 부른 이유는 광고 문제 때문이었다.

"반갑다. 얘기는 많이 들었어. 신서진이라고 하지?"

"아, 넵."

유설화 팀장은 싱긋 웃으며 곧바로 본론으로 들어갔다.

그녀는 시간을 지체하는 걸 좋아하지 않는 타입이었다.

"이거 한번 확인해 볼래?"

"이게 뭔가요?"

"이정식품에서 들어온 광고 제안."

느닷없이 광고라니.

신서진은 두 눈을 동그랗게 뜬 채 고개를 들었다.

이정식품에서 TV 광고 제안이 왔다.

단체 광고 하나, 단독 광고 하나. 신인으로서는 흔치 않은 기회라 선택지를 주려 한다.

유설화 팀장은 그렇게 설명하면서 제안서 내용을 하나하나 해석해 주었다.

이해하기 어려운 얘기들도 있었지만, 한 가지는 확실했다.

광고 제의가 들어왔다는 것과, 찍을지 말지 결정하는 건 네 몫이라는 얘기.

거기에 더해, 유설화 팀장은 잠시 망설이더니 입을 뗴었다.

"아, 그리고. 사실 회사 쪽에서는 걸리는 게 하나 있는데 말이야."

"네."

"그쪽에서 광고 찍기 전에 널 한번 보고 싶다고 하시더라고. 으음… 같이 가 볼래?"

"……"

"불편하면 거절해 둘게."

유설화 팀장은 서류를 정리하며 다급히 덧붙였다.

우물쭈물하던 신서진은 조심스럽게 물었다.

"이거 좋은 기회인가요?"

광고라는 거 말만 들어 봤지, 자세히는 모른다.

신서진은 조금 더 솔직한 얘기가 궁금했다.

"찍으면 뭐가 좋아요?"

신서진의 말에, 한성묵 팀장은 깍지를 낀 채 입을 떼었다.

광고의 좋은 점이라…….

"일단 1차적으로는… 돈을 벌지."

돈, 좋지.

신서진은 고개를 끄덕이며 다음 말을 기다렸다.

한성묵 팀장은 관자놀이를 손으로 꾹꾹 누르다가 말을 뱉었다.

"2차적으로는 인지도?"

별생각 없이 던진 말인데, 오히려 신서진은 이쪽에 반응했다.

"저, 할래요."

"응?"

"반드시 하겠습니다."

신서진이 두 눈을 반짝이고 있었다.


\*            \*            \*

데뷔를 했다고 해서 연습을 소홀히 할 수는 없었다.

그 바쁜 스케줄 와중에도 틈이 나면 연습실에 가는 것이 하루 루틴이 되었다.

특히 내일 있을 촬영은 에이틴 유닛으로 참가 예정이라, 따로 무대를 준비했다. 그렇게 오늘은 오랜만에 에이틴 다섯 명이서 연습실에 모였다.

거기서 나온 얘기가 바로 신서진에게 온 광고 제안이었다.

유민하는 신서진에게 놀란 눈으로 되물었다.

"그러니까…… 너한테 단독 광고가 들어왔어?"

"와… 진짜?"

"대박."

"완전 대박 아니야?"

이것만 놓고 보면 환호성을 지르며 축하할 일이다.

하지만, 덧붙이는 말에 조금 의아했다.

유민하는 떨떠름한 표정으로 말을 뱉었다.

"근데 광고주가 너를 보고 싶어 한다고?"

"응."

광고주 측에서 제안한 게 유니티지 단체 광고와 신서진 단독 광고란다.

아직 데뷔한 지 얼마 안 된 신인에게 티비 단독 광고…….

게다가 회사에서도 놀랄 만큼 페이도 상당하다고 했다.

여기까지는 그럴 수 있어.

그런데.

"굳이… 하필… 네가 따로 보고 싶대?"

단체 광고가 있으면 다 같이 부르면 될 것을. 콕 찝어서 신서진만 부른 것이 왠지 거슬린다.

유설화 팀장이 함께 가니까 특별히 뭔 일이 날 것 같지는 않지만 찝찝함은 가시지 않았다. 유민하는 인상을 찌푸리며 덧붙였다.

"뭔가… 뭔가… 구린데."

"응, 존나 구려."

서하린은 짜증 섞인 목소리로 한숨을 내쉬었다.

연예계에 들어온 지 얼마 되진 않았지만, 이런 상황. 왠지 어디선가 들어 본 듯했다.

설마.

아니겠지만.

그래도 혹시…….

한참을 심각하게 앉아 있던 서하린이 입을 떼었다.

"이거, 스폰 그런 거 아니야?"

"에이."

"정말… 그럴 수도 있나?"

최성훈은 새하얗게 질린 얼굴로 먹고 있던 과자를 내려놓았다.

서하린의 추측이 괜한 걱정일 수도 있긴 하지만, 아예 터무니없는 얘기는 아니었다.

서하린은 턱을 괸 채 속사포로 말을 쏟아 내었다.

"생각해 봐. 커리어도 아직 부실한 신인 상대로 그만한 광고비 주고, 단독 광고까지 찍어 주겠다. 무슨 회사가 자선사업가야? 뜯어먹을 게 있으니까 제안하는 거겠지."

최성훈은 손에 들린 팝콘을 오물거리면서 격하게 고개를 끄덕였다.

서하린의 말을 듣고 보니 그렇다. 최성훈은 질색한 표정으로 말을 뱉었다.

"스폰 맞는 것 같은데."

"와… 쓰레기네."

음.

잠자코 그 말을 듣고 있던 신서진이 고개를 들었다.

"그게 뭔데?"

아까부터 자기들끼리 심각하게 떠들어 대는데, 절반 이상은 이해할 수 없는 소리들이다.

대체 무슨 말인지 해석해 달라는 신서진의 부탁에, 유민하는 이마를 짚었다.

"뭐야. 너, 스폰이 뭔지 몰랐어?"

"응."

"들어 본 적도 없고?"

"으응."

유민하는 혀를 차면서 한숨을 푹 내쉬었다.

"하……. 이 순진한 애한테 어디서부터 어떻게 설명을 해 줘야 하지."

"…내가 너네보다 순진할 리가 없을 텐데."

고작 십몇 년 산 것들이 뭐라는 거지.

신서진은 건방지다는 듯 인상을 찌푸렸지만, 유민하에겐 들리지 않았다.

그녀는 신서진에게 이 문제의 심각성을 설명해 주기 위해 노력했다.

근데, 뭐…….

어떻게 설명해야 하지?

유민하는 심각한 얼굴로 말을 쏟아 냈다.

"스폰은 그… 막… 그… 그런 거야."

"아."

"후원해 준다고 하면서 막… 그… 막……."

"……?"

"그… 그러니까… 어… 뭐라고 설명하지?"

"이해했어."

"이해했다고?"

전혀 이해하지 못한 것 같은 얼굴로 고개를 끄덕이는 신서진에, 유민하는 미간을 찌푸렸다.

얘, 전혀 이해하지 못한 것 같은데.

"기다려 봐. 다시 설명해 줄게. 그러니까……."

그 순간, 이유승이 유민하의 말을 가로챘다.

"근데 어디서 온 제안이야?"

아.

생각해 보니 지금까지 다들 제 할 말을 하느라 바빠서 그걸 듣지 못했다.

유민하도 두 눈을 크게 뜬 채 신서진을 돌아보았다.

신서진은 담담한 목소리로 대답했다.

"이정식품이래."

그 한마디에, 연습실 내부가 조용해졌다.

"……"

"어… 이정……."

최성훈은 먹고 있던 팝콘을 조심스레 들어 포장지를 확인했다.

"이거… 거기 건데?"

뭐야, 완전 대기업 광고였잖아?

"난 또 이상한 기업인 줄 알았는데……."

"뭐야, 어떻게 된 거야?"

"거기였어?"

툭툭.

최성훈은 남은 과자를 한입에 털어 넣으면서 말했다.

"야, 다녀와라."

대기업은 인정이지.

Chapter. 2

　이정식품 본사 앞.

　커다란 유리 건물을 목이 빠져라 올려다보던 신서진은 나직이 감탄했다.

　당장 오늘 아침.

　자신이 고선재 매니저 몰래 주워 먹었던 소시지도 이정식품 거란다.

　어젯밤 최성훈이 씹어 먹던 과자도, 유민하가 연습실에서 마셔 댔던 이온음료도.

　전부 이정식품이 유통하는 음식들.

　그렇게 사람들에게 막대한 영향력을 미치는 기업이라면, 분명 잘은 몰라도 대단한 곳일 것이다.

　신서진은 약간의 경외심을 담아 입을 떼었다.

"확실히 대기업이라 다르긴 달라……."

그렇게 최성훈이나 했을 법한 말을 중얼거린다.

유설화 팀장은 그런 신서진의 팔을 조심스레 잡아끌었다.

"올라가서 직접 뵐 거야. 그분 앞에서 그런 소리는 하지 말고."

"…여기 땅값은 얼마일까요?"

"그런 소리는 더 더 하지 말고."

한성묵 팀장에게서 신서진에 대한 얘기는 익히 들었다.

까닥 정신을 놓고 있다가는 광고주 앞에서 무슨 헛소리를 지껄일지 모른다.

때문에 유설화 팀장은 온 정신을 신서진에게 기울이고 있었다.

그때였다.

"되게 이른 시간에 오셨네요!"

유설화 팀장과 신서진, 그리고 고선재 매니저.

세 사람을 확인한 이정식품 직원이 버선발로 뛰어나왔다.

"안녕하십니까, 이정식품 총괄 매니저 이한경이라고 합니다."

"아, 안녕하세요."

"대표님이 기다리고 계십니다. 이쪽으로 가시면 됩니다."

"대표님이요……?"

대표와 직접 대면이라고?

몰랐는데 이거 되게 부담스럽다.

한태무 대표를 통해서 이미 '대표'라는 인간들의 카리스마를 접했던 신서진으로는 상당히 불편한 자리였다.

똑같은 인간들인데도, 확실히 윗대가리들은 범접할 수 없는 분위기가 배어 있다고 해야 하나.

그렇다고 여기까지 와서 뒤로 뺄 수는 없었다.

신서진은 머리를 긁적이며 이한경이라는 직원을 따라 들어 갔다.

깔끔한 외관 못지않게 널찍하고 쾌적한 내부.

거의 방송국을 빰칠 스케일이라서, 신서진은 입을 떡 벌린 채 주변을 두리번거리고 있었다.

건물로만 놓고 보면 SW 엔터가 더 거대하겠지만, 신축이라 그런가. 왠지 모르게 조금 더 삐까뻔쩍한 느낌이었다.

'신전의 현대판을 보는 기분이야.'

유설화 팀장은 그 옆에서 지극히 태연한 표정으로 걸었다.

그렇게 직원이 안내해 주는 대로 엘리베이터에 타서 몇 층을 더 올라간 뒤, 마침내 도착한 복도의 끝.

"이쪽입니다."

이한경의 한마디에 신서진은 고개를 들었다.

[이정식품 대표실]

입구에서부터 고급스러운 분위기가 물씬 풍기는 사무실.

이한경이 부드럽게 웃으면서 입을 떼었다.

"네, 들어가시면 됩니다."

신서진은 꼴깍, 침을 삼켰다.


\*　　　\*　　　\*

혼자 왔으면 상당히 긴장했을 자리다.

수천 년을 살았지만 긴장이라는 감정은 쉬이 퇴색되지 않는다.

신서진은 제 감정을 내색하지 않기 위해 허리를 꼿꼿이 폈다.

유설화 팀장과 나란히 들어선 대표의 사무실.

갈색 가죽의 소파 위에 한 남자가 앉아 있었다.

"아, 오셨습니까."

신서진과 유설화 팀장을 보자마자 남자는 슈트를 털며 일어섰다.

신서진은 남자의 얼굴을 보고 두 눈을 크게 떴다.

대표라고 하여 한태무 대표의 나이대를 생각했는데, 제 예상보다 훨씬 젊은 남자가 서 있었기 때문이었다. 기껏해야 30대 초반이 될까 싶은 얼굴의 남자.

신서진은 고개를 꾸벅이며 자리에 앉았다.

남자가 입을 뗐다.

"이렇게 만나 뵙게 되어 영광입니다."

젊은 나이에 대표가 되었음에도 불구하고 남을 깔보는 듯한 말투는 없었다.

오히려 연예계에서 봐 왔던 사람들보다 제법 정중한 타입이다.

"네, 안녕하세요."

"여기 편하게 앉으시죠."

"아, 넵."

그렇게 시작된 대면.

신서진이 조용히 앉아 있는 동안, 유설화 팀장과 이정식품 직원과의 대화가 오고 갔다.

"출연하신 방송 모두 인상 깊게 봤습니다. 저희 측에서 단독 광고 제안을 드리는 이유는, 신서진 님의 에너지가 저희 회사의 이미지와 부합했기 때문입니다. 저희 이정식품은 단기간에 성장한 회사답게 젊은 에너지와 열정을 강조하고 있습니다. 그런 이유로 광고에는 라이징 스타를 쓰고 싶었고, 유니티지와 신서진 님 단독 광고를 진행하고 싶어서 이렇게 연락드리게 되었습니다."

절반은 제 칭찬이고, 절반은 업무 얘기였다.

제 칭찬은 고맙지만 이런 어색한 분위기, 죽도록 싫다.

신서진은 가시방석에 앉은 듯한 표정으로 두 눈을 굴리고 있었고.

그러다가 대표와 눈이 마주쳤다.

직원이 속사포로 설명을 이어 가는 동안, 줄곧 자신을 쳐다보고 있던 남자.

"……."

신서진은 그를 똑바로 응시했다.

남자는 미소를 지으며 입을 떼었다.

"무슨 문제라도……?"

"아, 아닙니다."

사람을 너무 빤히 쳐다보는 것은 실례다.

물론 실례는 저쪽에서 먼저 범한 듯싶지만, 신서진은 반사적으로 고개를 저었다.

그런데.

"……!"

왠지 모를 이질감이 들었다.

신서진은 남자를 다시 돌아보았고, 그의 입꼬리에는 여전히 미소가 걸려 있었다.

그 미소가, 호의적으로 느껴지지 않는다.

신서진은 저도 모르게 인상을 찌푸렸다.

싸한 인간이다.

이유는 설명하지 못하겠는데, 그런 직감이 들었다.

보통 제 직감은 높은 확률로 맞는 편이다.

이 자리를 떠야 하나 고민하던 그 순간.

대표가 입을 열었다.

"유설화 팀장님, 제가 신서진 님이랑 딱 5분만. 잠깐 할 이야기가 있는데, 괜찮으십니까?"

"어……"

갑작스러운 부탁이다.

대표의 말에 유설화 팀장의 표정이 차갑게 식었다.

그녀는 난처한 기색으로 대답했다.

"제가 있는 자리에서 해 주셨으면 합니다만……."

한태무 대표가 가장 우려했던 상황.

혹여 제가 모르는 사이, 뒷이야기가 오갈까 봐 걱정하는 눈치였다.

대표는 그 말에 즉각 부정했다.

"저희는 엔터 사업 안 합니다. 우려하시는 게 무엇인지 알겠지만, 그런 이야기 아닙니다."

부드럽게 웃으면서 덧붙이는 이정식품 대표.

그는 신서진을 바라보며 강조하듯 말했다.

"개인적으로 아는 사이라서 그렇습니다."

그것이 새빨간 거짓말이라는 걸 알지만.

신서진은 특별히 부정하지 않았다.

그저 남자를 빤히 바라볼 뿐이다.

개인적으로 아는 사이라는데, 더 자세한 얘기를 묻기엔 애매한 상황이다.

"그러면, 잠시만 대화 나누시지요."

유설화 팀장은 내키지 않은 듯한 얼굴로 자리를 떴고.

그녀를 따라 이정식품 직원도 소파에서 일어난다.

그렇게.

쾅—.

문이 닫혔다.

고요해진 사무실.

결국 두 사람만 남았다.

먼저 입을 뗀 것은 신서진이었다.

"네가 남이준의 형이냐."

서늘한 음성이었다.

*　　　*　　　*

이정식품의 남이석 대표.

남이준과 형제라기엔 퍽 다른 인상이지만, 얼굴을 하나하나 뜯어 보면 닮은 구석을 찾아볼 수 있다.

느껴지는 분위기로 보아 제 추측이 맞는 듯한데.

신서진은 책상 위에 놓인 그의 명패를 노려보며 재차 물었다.

"네가 남이준의 형이냐고 물었는데."

"……."

"맞지?"

"네, 그렇습니다."

실랑이가 오고 갈 줄 알았건만, 남자는 웬일로 쉽게 인정했다.

애초에 숨길 생각도 없었던 건가.

급기야 태연히 설명을 덧붙이기까지 한다.

"그리고, 당신의 형제이기도 합니다. 족보를 타고 하안참 밑으로 내려가야 하겠지만."

"하아……. 복잡하게 꼬였네."

"그런 편입니다."

심지어 제우스의 사생아였나.

신서진은 이를 악문 채 남이석을 응시했다.

반인 반신의 존재.

제 적이 예사 인간은 아니라 생각했지만 이렇게 되면 조금 곤란하다.

지금처럼 힘을 잃은 상황이라면, 그는 얼마든지 자신을 노릴 수 있을 것이다.

남이준의 배후에 있던 사람. 조명으로 저를 해치려는 뒷수작까지 벌였던 인간이, 이제는 급기야 자신과 독대할 기회를 만들어 내었다.

그 꿍꿍이가 무엇인가.

신서진은 인상을 찌푸리며 물었다.

"그래서 나를 이 자리에서 죽이려고 불렀나?"

"글쎄요."

"보는 눈이 많을 텐데?"

"저희가 언제, 어디서, 보는 눈을 따졌습니까."

신서진은 서늘한 눈빛으로 남이석을 노려보았다.

그러자, 남이석은 어색한 웃음을 흘렸다.

"물론 약속한 바가 있어서, 아직입니다."

약속?

신서진은 그 말에서 남이석이 숨기고 있던 것을 캐치해 냈다.

"네놈의 뒷배에 누가 있나 보군."

남이석은 눈썹을 들썩일 뿐, 아무 말도 없었다.

"……."

다시금 정적이 감도는 사무실.

신서진은 고민했다.

지금 당장 나를 죽일 생각도 없고, 나에게 얻어 낼 수 있는 것도 특별히 없을 텐데.

제 정체를 드러내면서까지 이 불편한 자리를 만든 이유.

그게 뭔지 궁금했다.

신서진은 팔짱을 낀 채 남이석을 응시했다.

"궁금한 게 많지만, 일단은 하나만 물어보지. 여기에 나를 왜 부른 거지?"

"설득하기 위함입니다."

"뭐?"

그제야 남이석은 속내를 드러내었다.

"당신이 무슨 의도로 이 바닥에 들어온 것인지, 알고 있습니다."

신서진이 연예계에 뛰어든 이유는 오직 힘을 얻기 위함이다.

과거의 영광을 되찾고 싶었나.

남이석은 그 탐욕을 증오하는 편이었다.

그러니.

"힘을 얻겠다는 그 계획을, 포기하시면 됩니다."

"뭐?"

"올림포스로 돌아가든, 한국에서 조용히 처박혀 살든. 남들처럼 평범하게, 숨죽이고 살면 저희도 당신을 건드릴 일은 없을 겁니다."

협박에 가까운 어조.

신서진은 미간을 찌푸리며 남이석의 말을 들었다.

"저는 모든 신을 증오하지만, 당신을 싫어하지는 않습니다. 그러니, 기회를 드리는 겁니다. 지금이라도 모든 걸 내려놓고 조용히 물러나면……."

쾅.

신서진이 자리를 박차고 일어섰다.

화가 난 음성으로, 말을 뱉는다.

"미안한데, 내가 그 말을 들을 거라고 생각하는 거야?"

그딴 생각을 했다면 대단한 착각이다.

반인 반신?

신의 힘을 조금 물려받았다고 하여, 건방짐이 하늘을 찌르
는 녀석에게.

같잖은 협박을 들으면서 가만히 있어 줄 생각은 없었다.

신서진은 이를 악문 채 놈을 노려보았다.

건방져도 너무 건방져.

"어디서 협박질이야."

확―.

신서진은 지팡이 카두케우스를 꺼내어 놈의 목에 겨누었
다.

"……!"

제 목을 누르는 서늘한 감촉.

남이석은 두 눈을 끔뻑이며 신서진을 올려다보았다.

이렇게 나올 줄은 몰랐다는 듯 당황한 기색이었다.

신서진은 그런 남이석에게 싸늘하게 덧붙였다.

"내가 네 개수작에 가만히 당해만 줄 거라고 믿는 건, 너무
낙관적인 게 아니냐."

"이렇게 나와서 좋을 게 없을 텐……."

"닥쳐."

모아 둔 빛의 가루를 전부 소진하게 될지도 모르지만 이 사무실 밖으로 도망칠 여유 정도는 있다.

선을 먼저 넘은 것은 이놈이다.

신서진은 여전히 지팡이를 놈의 목에 대고 누르고 있었고, 남이석이 언제 어떻게 반격해 올지 모르는 긴박한 상황이었다.

그때였다.

"5분 지났……."

사무실의 문이 벌컥 열렸다.

하도 나오질 않길래, 신서진을 찾으러 들어온 유설화 팀장.

신서진은 당황한 얼굴로 고개를 돌렸고.

"어?"

그녀의 두 눈이 동그래졌다.

\*              \*              \*

난데없는 멱살잡이라니.

"어… 어어어어!"

유설화 팀장은 다급히 달려와 두 사람을 막았다. 굉장히 당황한 목소리로 어떻게든 상황을 무마하려 애써 본다.

"지금 뭐… 뭐 하고 계셨던……. 아이고, 신서진!"

헤르메스의 지팡이 카두케우스는 평범한 인간의 눈에 보일리 없었다.

하지만, 주먹을 뻗은 꼴은 당장에라도 주먹질을 할 것 같은 자세였다.

유설화 팀장의 얼굴이 새하얗게 질릴 만한 광경이었다.

"손 내려놔, 뭐 하는 거야!"

살다 살다 광고주에게 주먹질하는 아이돌.

SW 엔터에서 근무하는 동안, 사고 치는 새끼들을 한두 번 본 게 아니지만. 최소한 그놈들도 광고주 앞에서 주먹을 갈기는 미친 짓을 하지는 않았다.

유설화 팀장은 제 눈을 의심했다.

그러나, 신서진은 별말 없이 그저 태연히 서 있을 뿐이었다.

그런 신서진의 뒤로, 남이석 대표 역시 한 걸음 뒤로 물러서서 손사래를 친다.

"아, 별일은 아니었습니다."

그 한마디에, 신서진의 얼굴이 빠직 일그러진다.

누가 봐도 별일이 있었던 것 같은 상황.

신서진은 남이석 대표를 노려보았다.

툭툭.

태연히 제 옷에 붙은 먼지를 털어 대는 꼴이 매우 거슬린다.

'대체 무슨 일이 있었던 거야?'

유설화 팀장은 알 수 없는 살기에 숨을 죽이며 눈치를 살피고 있었고, 신서진은 저도 모르게 작게 중얼거렸다.

"꼴값을 떤다."

야!

"신서진!"

조용한 사무실에 유설화 팀장의 다급한 외침이 울려 퍼졌
고.

당연히 그 얘기는 한성묵 팀장의 귀에도 들어가고 말았다.

*          *          *

쯧쯧.

한성묵 팀장이 혀를 차는 소리가 SW 엔터 사무실에 울려
퍼졌다.

솔직히 지금 이 상황은 하루 종일 혀를 닳도록 차도 모자란
다.

한성묵 팀장은 한숨을 내쉬며 볼펜 대를 휘저었다.

"너… 너는… 이젠 아예 광고주님이랑도 싸우냐?"

그냥 광고주도 아니다.

상대가 대기업 대표라고!

식품계의 라이징 스타, 이정식품의 젊은 대표 남이석이라고!

유설화 팀장에게 얘기를 듣고 나서, 한성묵 팀장은 제 귀를
의심했다.

'에이, 우리 서진이가 아무리 미쳤어도 그럴 리가 없어요.'

'에이, 설마요.'

'에… 진짜요?'

그렇게 분노의 단계를 거쳐서 초연의 지경에 이르렀다.

이다영 한 명 끼워 달라고 당차게 우겨 대던 그 꼬맹이가, 이
제는 대기업 대표의 면상에 죽빵을 갈겼단다.

한성묵 팀장의 깊은 고뇌에, 신서진의 목소리가 끼어들었다.

"때린 적 없는데요."

"그게… 중요해?"

"중요하죠. 어떻게 때린 거랑 안 때린 거랑 같나요."

"야!"

한성묵 팀장은 자리를 박차고 일어섰다.

초연의 지경에 이르렀다는 건 헛소리였다. 아직 분노의 단계를 벗어나지 못했다.

"너… 너어……."

거기에 더해, 신서진은 해맑게 덧붙였다.

"그래도 광고는 받았잖아요."

그리고, 그 한마디는. 의외로 효과가 있었다.

머리 끝까지 화가 난 상태로 잔소리를 쏟아 내리던 한성묵 팀장이 멈칫했으니.

그래.

문제가 그거야.

"대… 대체 어떻게 한 거지?"

광고주랑 대판 싸워 놓고.

주먹다짐까지 갈 뻔한 초유의 미친짓을 해 놓고.

또, 광고는 받아 왔단 말이지.

이상한데?

한성묵 팀장은 심각한 얼굴로 신서진을 올려다보았다.

사실 일이 터지고 나서 유설화 팀장의 말만 들었지, 신서진의 입장은 들어 보지 못했다. 제대로 상황도 모르고 무작정 윽

박지른 것은 아닌지, 뒤늦게 미안해졌다.

결국 광고를 받아 왔다는 건…….

"미안하다. 내가 오해했나 본데. 그 광고주랑 싸운 거 아니었던 거지?"

그리고, 그 대답은.

"싸운 거 맞는데요?"

응?

조금의 망설임도 없는 답변이 돌아왔다.

"맞아요."

"맞아? 맞다고?"

맞…….

아아.

한성묵 팀장은 뒷목을 손으로 잡고서 침음을 삼켰다.

정말로 뒷골이 땡긴다.

"이게 진짜… 때릴 수도 없고……. 아오……."

한성묵 팀장의 속은 타들어 가는 중이건만.

신서진은 늘 그렇듯 생글거리며 제자리에 서 있을 뿐이다.

어차피 더 화내 봐야 말을 들을 녀석이 아니다.

광고……. 받아 왔으면 된 거지.

이정식품 쪽에서 뒤늦게 엿먹이긴 않겠지.

한성묵 팀장은 지끈거리는 머리를 부여잡고 고민하다가 눈앞의 녀석을 일단 치워 버리고 나서 생각하기로 결심했다.

후우…….

한성묵 팀장은 손을 휘저으며 말했다.

"…내일 스케줄 있으면 가 봐라."

\*           \*           \*

다음 날, 유니티지의 B유닛.

데뷔 후 B유닛을 일컫는 유닛명은 유니−에 B를 더한 유니비가 되었다.

오늘은 유니비의 월간아이돌 출연 스케줄이 있는 날이었다.

유니티지가 아닌 유닛으로 따로 예능 출연을 하는 것은 처음인 데다가, 첫 촬영부터 유명한 방송이라 부담이 되는 것도 사실이었다.

때문에 다른 멤버들은 이른 아침부터 덜덜 떨고 있었다.

오늘따라 유난히 굳어 있는 대기실의 분위기. 다들 긴장한 얼굴로 침묵을 고수하고 있는 동안, 신서진은 다른 문제로 심각한 생각에 잠겼다.

'지금이라도 그만둘 생각이라면 건드리지 않겠습니다.'

어렵게 데뷔했고, 어느새 진심이 되었다.

연예계 데뷔는 예전의 영광을 되찾아 줄 기회라고 생각했다.

그런데, 놈은 자신이 힘을 되찾는 걸 원하지 않는다.

제 목숨을 걸고 협박했고, 아마 그 협박은 진심일 것이다.

아테나랑 같은 꼴이 나지 않기 위해서는, 놈과의 충돌을 피하는 법이 최선일까.

아니면 충분히 싸워서 이길 수 있는 상대인가?

신서진은 침을 삼키며 중얼거렸다.

"왜… 죽이지 않은 거지."

놈을 독대하고 나서 눈치챘다.

힘이 부족한 것이 아니라, 남이석 대표의 말대로 아직 건드리지 않았을 뿐이다.

'약속' 때문에 아직 자신을 죽이지 않는다 했다.

녀석의 배후는 누구고. 대체 무슨 꿍꿍이를 가지고 있는 거지?

의문으로 남아 있는 것들이 너무 많았다.

하지만, 더 깊은 생각을 할 여유가 없었다.

"유니티지 촬영 시작하겠습니다!"

그 말에 신서진은 벌떡 고개를 들었다.

탁—.

마침 테이프를 가는 소리가 들렸다.

대기실 밖으로 나가야 할 시간이었다.

"유니비, 촬영장 들어갈게요!"

"네엡, 가겠습니다!"

그리고.

슬레이트를 치는 소리와 함께.

월간아이돌 촬영이 시작되었다.

\*        \*        \*

"Be the one! Be your unit! 안녕하세요, 유니티지입니다!"

우렁찬 인사와 함께 시작된 촬영. 가장 먼저 마이크를 쥔 것은 차형원이었다.

팀의 맏형이다 보니 자연스레 리더 역할을 맡게 되었다.

MC들의 박수 소리에, 차형원이 자신감 있게 말을 뱉었다.

"오늘은 유니비로 출연하게 되었습니다. 잘 부탁드리겠습니다!"

"우와, 정말 반가워요. 꼭 한 번 만나고 싶었거든요."

월간아이돌의 MC 하빈이 먼저 가볍게 호응을 던졌다.

대본을 손에 쥔 강수혁은 멤버들을 돌아보며 웃었다.

두 사람은 월간아이돌을 5년간 진행해 온 터줏대감 MC들이자, 베테랑 방송 선배들이었다.

그들의 눈에는 갓 데뷔한 신인들이 그저 귀여워 보일 뿐이었다.

특히 '리필 앤 리필' MC로 에이틴을 만난 적이 있던 강수혁은, 결국 데뷔하게 된 후배들이 반가울 따름이었다. 그래서인지 오늘은 시작부터 훈훈한 분위기다.

강수혁은 최성훈을 돌아보며 흐뭇하게 웃었다.

"유니비의 신곡, 'SHOW'라고 들었는데 우리 최성훈 씨가 간단히 소개해 주실 수 있으실까요?"

"아, 넵."

원래 곡 소개는 임시 리더의 역할을 맡은 차형원의 몫이었다.

갑자기 훅 들어온 강수혁의 멘트에, 최성훈은 긴장한 듯 침을 꼴깍 삼켰다.

"⋯⋯."

데뷔 후에 깨달은 것이 있는데, 방송의 기본은 오디오가 비지 않는 것이다.

할 말이 막힌 상황에서도 최대한 즉각적으로 대답이 튀어나와야 한다.

그렇게 교육을 받아 온 최성훈은 아직 준비되지 않은 상태에서 입을 떼었다.

"네, 저희 신곡 'SHOW'는 팝펑크 장르의 신나는 곡으로⋯⋯."

"네네."

"신나는 곡이구요. 또⋯ 어⋯⋯. 음⋯⋯."

다음 멘트를 까먹었다.

최성훈은 다급히 두 눈을 굴리며 마이크를 세게 움켜쥐었다.

"어⋯⋯. 한 번 들으면⋯ 좋고."

"두 번 들으면 더 좋나요."

"어, 그렇겠⋯ 죠?"

"푸흡."

하빈이 제법 능청스럽게 멘트를 소생시키려 했으나 실패했다.

이렇게 티 나는 실수를 하다니, 최성훈의 귀가 빨개졌다.

그때, 최성훈의 손에 들린 마이크를 건네받은 것은 신서진이었다.

신서진은 차분한 목소리로 'SHOW'를 설명했다.

"한 번 들으면 메인 멜로디가 귓가에 맴돌 정도로 중독성 있는 곡입니다. 내 무대를 보러 와 준 '너'를 위해, 세상에 하나밖에 없는 무대를 보여 주겠다는 내용을 담고 있습니다."

"오, 그렇군요."

강수혁은 두 눈을 크게 뜨고선 신서진을 바라보았다.

'뭐야, 왜 잘해?'

그동안의 이미지가 너무 4차원으로 굳어 있었나.

'리필 앤 리필' 때는 어딘가 독특한 답변으로 주목을 받았던 녀석이, 의외로 말은 말끔하게 잘했다.

실제로 신서진은 그다음 이어지는 하빈의 질문에도 태연하게 대답했다.

"신서진 씨, 팀의 분위기 메이커가 누구라고 생각하세요?"

"음, 최성훈? 이 친구가 저희 팀의 분위기 메이커입니다."

"오오오오! 딱 봐도 이 친구가 분위기 메이커처럼 생겼네."

"그렇죠!"

"아이, 제가 멘트를 좀 치는 편입니다. 하하……."

그제야 긴장하고 있던 최성훈도 능청스레 웃으며 덧붙였고, 촬영장의 분위기는 다시 안정을 찾아 갔다.

그다음, 하빈은 두 눈을 반짝이며 유니비의 맏형, 차형원에게 질문을 던졌다.

월간 아이돌의 고정 프로그램, 미션 챌린지의 시간이 되었기 때문이었다.

"돌고 돌아 온 월간 아이돌의 미션 챌린지!"

"와아아아아아악!"

"저희 제작진이 준비한 미션을 성공하면, 저희가 상금을 드립니다. 보신 적 있죠?"

"네, "

랜덤 플레이 댄스라든가, 2배속 댄스처럼 특이한 미션을 걸고 성공 시 상금을 주는 것이 월간 아이돌의 미션 챌린지였다.

랜덤 플레이 댄스를 하기에는 아직 신인이라 곡이 적으니, 아마 2배속 댄스를 하지 않을까. 하는 추측이 앞섰다.

실제로도 2배속 댄스를 연습실에서 미리 맞춰 보고 왔다.

숱하게 반복한 안무라 그런지, 2배속까지는 힘들긴 해도 무난하게 성공하더라.

'별로 어렵지 않던데.'

상금으로 뭘 사 먹지.

단체로 진지하게 고민하고 있던 그 순간.

하빈이 흥분한 목소리로 텐션을 올렸다.

"자, 유니비 멤버들 자신 있으신가요!"

"네, 물론이죠!"

"유니비 가자아악!"

"파이티이이잉!"

최성훈이 파이팅 넘치게 소리를 내질렀고, 허강민은 웃으며 탄성을 터뜨렸다.

신서진은 하빈의 눈치를 살피며 미션의 정체를 확인하려 했다.

'2배속 댄스?'

다른 멤버들은 몰라도, 신서진은 그 찰나에 종이에 적혀 있는 글씨를 어렴풋이 확인했다.

—배속.

한 단어만은 확실히 봤다.

맞네, 2배속 댄스.

남들보다 조금 빨리 확인하긴 했으나, 그 미션이 무엇인지는 모두들 머지않아 알 수 있었다.

짜잔!

감탄사와 함께 종이를 펼친 하빈이 우렁차게 외쳤기 때문이었다.

해맑은 목소리가 미션을 공개하였다.

"3배속 댄스! 였습니다!"

응?

뭐라고?

신서진은 제 눈을 의심하며 옷소매로 눈을 비볐다.

2배속도… 아니고…….

"3배속으로요?"

예능의 신입 신고식은 역시 맵다.

애초부터 가능한 건지 살짝 의심이 드는 미션 챌린지.

이거 죽으라는 거 아니냐?

이유승의 얼굴이 창백하게 질려 버렸다.

\*　　　　\*　　　　\*

3배속 댄스······.

해 보진 않았어도 뭔가 잘못되었다는 건 알았다.

신서진은 연습실에서 연습했던 배속이 2배속이었다는 사실을 기억해 내고는 인상을 찌푸렸다.

'어려울 것 같은데?'

멀리 볼 것도 없이, 이유승의 표정이 저렇게 썩어 있는 걸 보면 말 다 했다. 춤에는 자신 있는 녀석이 시선을 바닥에 내리깐 채 눈치를 보고 있었으니까.

타들어 가는 유니비의 속을 모르는지, MC 하빈이 들뜬 목소리로 마이크를 건네었다.

"와, 3배속 댄스. 저희 월간아이돌 최초로 선보이는 도전이거든요? 이름만 들어도 쉽지 않아 보이는데, 먼저 당찬 포부 밝히고 시작해 볼까요?"

지금 애들 단체로 물에 젖은 미역처럼 처져 가지고, 당찬 포부고 나발이고. 매가리가 없어 보이는데······.

"······."

아니나 다를까.

여기저기서 어색한 웃음이 터져 나온다.

얼떨결에 마이크를 건네받은 최성훈이 더듬거리며 말했다.

"할··· 할 수 있을 것 같습니다."

"어우, 목소리에 전혀 자신감이 없는데요. 허강민 씨, 이번 챌린지 어떻게 생각하세요?"

"···어, 자신 있죠."

"어라, 대답이 살짝 늦는데요."

그만 놀려!

역시 방송국 놈들은 믿을 것이 못 되었다.

작가들부터 PD까지 입가에 미소를 띠고 있는 걸 보면, 곧 있을 3배속 댄스에서 유니비가 고통받는 모습을 열심히 카메라로 담고 싶은 모양이었다.

그렇게 한 명씩 넘기던 마이크는 마지막으로 신서진에게 돌아왔다.

하빈이 들뜬 목소리로 그를 향해 물었다.

"신서진 씨는 자신 있어요?"

앞서 대답한 친구들은 전부 자신 있다고 답했다.

흔들리는 눈빛에서는 조금의 자신감도 찾을 수가 없었지만 말이다.

어찌 되었건, 방송 중인데 기죽어 있으면 그건 그거대로 곤란하니까.

신서진 역시 자신 있다고 대답할 생각이었다.

그런데.

그렇게 대답해야 해서, 대충 둘러대는 것은 아니었다.

신서진은 카메라가 있는 쪽을 빤히 응시했다.

"당연하죠."

진심으로 자신 있다.

신서진은 씨익 웃으며 어깨를 으쓱여 보였다.

"제가 지금은 관절이 많이 삐걱거리지만 예전에는 날아다녔 거든요."

"오……"

낭랑 18세가 하기에는 다소 매치가 안 되는 대답.

하빈은 그러려니 하며 능청스레 받아쳤다.

"벌써부터 삐걱거리면 제 나이에는 관 짜야겠는데요."

스태프들 사이에서 헛웃음이 터져 나왔지만, 신서진은 그저 멀뚱히 서 있을 뿐이었다.

이제는 저 당당함을 실력으로 보여 줄 차례.

"그러면 유니비의 챌린지, 3배속 댄스 시작하도록 하겠습니다!"

삑—.

휘슬 소리와 함께 〈SHOW〉의 도입부가 흘러나왔다.


*　　　　　　*　　　　　　*


수십, 수백 번을 연습했으니 눈을 감고도 출 수 있는 안무.

귀에 익은 멜로디가 스튜디오 위로 울려 퍼진다.

조금 빠르게.

아니, 많이 빠르게 울려 퍼진다.


*이건 널 위해 불러 줄 Show*

*나만의 푸른 조명*

*그 아래서 뛰어*

*다 왔다 보이지 않던 무대의 끝*

*이 밤이 끝날 때까지 내 춤은 멈추지 않아*

*We will shine like a light*

"응?"

삐걱.

허강민은 시작하자마자 당황했다.

2배속이 3배속이 되었을 뿐인데, 웬 외계어가 들리기 시작했다.

솔직히 말해서 지금 어느 파트가 나오는지 머리로는 해석이 조금도 되지 않았다.

그동안 연습했기 때문에.

몸이 외운 대로 추고 있을 뿐이었다.

*보여 줄 만한 거 다 보여 줬어*
*내 모든 걸 쏟아부은 Show*
*널 위한 나의 무대*
*이 노래가 끝날 때까지*
*거기서 기다려 줄래*

이제는 그냥 가사를 외워서 파트를 추측하는 느낌이다.

가사조차 들리지 않는 어마어마한 스피드에 완전히 혼이 빠져 버렸다.

당황한 기색이 역력한 최성훈의 얼굴이 카메라에 잡힌다.

얼떨떨한 표정으로 열심히 팔다리를 휘적거리기는 하는데, 주유소 앞 풍선을 보는 느낌을 지울 수 없다.

"이건 실패할 것 같은데요."

강수혁이 웃으면서 덧붙인다. 지금까지 한 번도 시도해 본 적 없는 도전이니 예상했던 결과였다.

그래도 열심히 하는 신인들의 패기만 보이면 되는 거 아니겠나.

"그러게요. 딱 봐도 어려워 보이네요."

"너무 빨라요, 그죠."

카메라 뒤에서 비슷한 얘기를 주고받는 것은 스태프들도 마찬가지였다.

월간아이돌의 이민지 작가는 만족스럽다는 듯이 말을 뱉었다.

"역시 귀엽네요."

"그림 잘 나오겠는데?"

넋을 놓은 무대.

그게 월간아이돌 작가들이 기대했던 그림이었다.

저렇게 삐걱거리면서 실수하는 것도 신인다운 귀여움이라서, 최대한 귀엽게 연출할 생각이었다.

얼타는 모습 살짝 보여 주고.

신인다운 열정 한 컷 넣어 주고.

당황한 얼굴 표정 클로즈업 해 주면…….

딱이다.

애초에 잘할 걸 기대한 미션도 아니었으니까.

그런데.

"어……?"

그렇게 멘트를 주고받으며 웃고 있던 그때.

이민지 작가는 두 눈을 동그랗게 떴다.

*이 노래가 끝날 때까지*
*거기서 기다려 줄래*
*데리러 갈 테니*
*아주 조금만 기다려*
*이건 널 위해 불러 줄 Show*
*나만의 푸른 조명*
*그 아래서 뛰어*

그 난장판 속에서 어느새 자리를 찾았다.

동선이 조금씩 잡혀 가면서, 제대로 된 대형이 나오기 시작했다.

아직 당황한 듯 삐걱거리면서도 제법 잘 따라가는 멤버들.

이건 예상하지 못했던 그림이다.

"오… 오……."

하빈은 저도 모르게 탄성을 터뜨렸고, 믿을 수 없다는 듯 두 눈을 크게 뜬 것은 카메라 뒤의 스태프들 또한 마찬가지였다.

그리고 3배속 댄스를 오늘 방송에 끼워 넣었던 당사자.

이민지 작가마저 입을 떡 벌리고 말았다.

*다 왔다 보이지 않던 무대의 끝*
*이 밤이 끝날 때까지 내 춤은 멈추지 않아*

*We will shine like a light*

어느새 템포를 찾았는지 빠르게 안정되어 가는 동선과, 센터에서 중심을 잡고 있는 이유승과 신서진.

메인 댄서라는 네임이 무색하지 않게, 이유승은 그 빠른 배속에도 실수 없이 너무 잘해 내고 있었다.

저게 가능한 건가 싶은 스피드에서도 디테일을 놓치지 않는다.

'괜히 춤 잘 춘다는 얘기가 돌았던 게 아니구나.'

넋을 놓고 감탄하던 이민지 작가는 그대로 굳어 버렸다.

그런데.

이유승은 그렇다 쳐도…….

이민지 작가는 시선을 돌려 신서진을 바라보았다.

그러고는 작게 중얼거렸다.

"저 친구는 왜… 잘하는 거지?"

유니비의 메인 보컬을 맡고 있는 신서진.

보컬에 대한 칭찬은 익히 들었는데, 춤은 상대적으로 다른 멤버들에 비해 묻힌 듯하다.

한데, 3배속 댄스 한정으론, 오히려 이유승보다 더 잘 소화해 내고 있다.

초 단위로 박자를 쪼개는 느낌.

치밀하게 짜여 있는 〈SHOW〉의 안무 하나하나를 놓치지 않을 뿐더러, 동시에 세밀한 박자까지도 전부 챙긴다.

사람이 저렇게까지 민첩할 수 있나 싶은 완벽한 스피드.

보는 사람으로 하여금 입을 떡 벌리게 만들 정도의 몸놀림
이다.

그러니까.

그냥… 개잘한다.

오히려 배속 하니까 더 잘하는 것 같아.

이민지 작가는 제 나름대로 결론을 내렸다.

"배속… 천재인가?"

\*　　　　\*　　　　\*

월간아이돌 실시간 방송.

너튜브의 댓글창은 빠르게 올라가고 있었다.

같은 시각, 이수연은 방송을 라이브로 챙겨 보는 중이었다.

화면에는 제법 능숙하게 유니비의 활동곡 'SHOW'를 소개
하는 신서진의 모습이 나오고 있었다.

'한 번 들으면 메인 멜로디가 귓가에 맴돌 정도로 중독성 있는
곡입니다. 내 무대를 보러 와 준 '너'를 위해, 세상에 하나밖에 없
는 무대를 보여 주겠다는 내용을 담고 있습니다.'

세상에나.

"서진아, 그렇게 큰 뜻을 담았구나……. 이 세상 다 네가 가
지렴."

이수연은 혀를 내두르며 혼자 중얼거렸다.

그런 그녀의 말에 답하듯 댓글창 역시 빠르게 새로고침 되
었다.

—노래 개좋아 현기증 나

—진짜 귓가에 맴돌더라 ㅠㅠ 하······. 에스떱 곡은 잘 뽑아

—울 애들 무대 좀 보여 주세요

—최성훈 긴장한 거 봐 ㅋㅋㅋㅋㅋㅋㅋㅋ 아 귀여워

—오늘 쇼 무대 공개되는 거임? 미쳤다 이거 보러 들어옴

—기절할 때까지 존버 간다


　팬들이 고대하던 'SHOW' 무대는 아무래도 방송의 끝자락에 보여 줄 듯싶다.

　그 뒤로는 가벼운 토크가 이어졌고, 마침내 월간아이돌의 핵심. 챌린지 미션을 뽑는 시간이 되었다.

　이수연은 커피 한 모금을 홀짝이면서 흐뭇하게 그 장면을 보고 있었다.

　기왕 하는 거 미션에 성공해서 우리 애들이 맛있는 거 좀 먹었으면 좋겠네. 그렇게 생각하며 별생각 없이 커피 한 잔을 더 타려 일어서던 순간.

　모니터에서 하빈의 우렁찬 목소리가 울려 퍼졌다.

　"3배속 댄스! 였습니다!"

　응?


—3배속 댄스 ㅋㅋㅋㅋㅋㅋㅋㅋㅋㅋㅋㅋ그게 뭔데

—미쳐 돌아가는 돌판이네 3배속이면 뭐 얼마나 빠르게 움직여야 하는 거야

—이유승 절망한 표정 봐

　—얘들아 그렇게 먹고 싶어 했던 치킨은 물 건너간 것 같아 ㅠㅠ

　—ㅋㅋㅋㅋㅋㅋㅋㅋㅋㅋㅋㅋㅋㅋㅋㅋㅋㅋㅋㅋ


"할… 할 수 있을 것 같습니다."

"어우, 목소리에 전혀 자신감이 없는데요."


　—진짜 자신 없어 보여 ㅋㅋㅋㅋㅋㅋㅋㅋㅋ

　—딱 보니까 2배속 준비해 왔는데 3배속 시킨 표정임

　—근데 3배속 댄스는 얼마나 빠른 거야 월간아이돌에서 한 적 있나?

　—아 귀여워 ㅠㅠ

　—얘들아 그냥 깔끔하게 포기하자 관절 개박살 난다


"허강민 씨, 이번 챌린지 어떻게 생각하세요?"

"…어, 자신 있죠."

"어라, 대답이 살짝 늦는데요."


　—ㅋㅋㅋㅋㅋㅋㅋㅋㅋㅋㅋㅋㅋㅋㅋㅋㅋㅋ

　—3배속으로 바닥 구르면 스튜디오 바닥 깔끔히 닦이겠다 거의 인간 청소기 수준

　—미친 방송국 놈들

"진짜 미친 방송국 놈들이네."

커피 한 잔 더 타는 게 문제가 아니다.

이수연은 어이가 없어서 웃어 버렸다. 얼마나 삐걱거릴지는 몰라도 그 모습도 제법 귀여울 것 같아서였다.

방송 촬영 당시에 그러했듯, 지금 방송을 보는 팬들 역시 크게 기대하지 않는다. 그렇게 시작한 3배속 댄스.

하지만 반응이 바뀌는 데까지는 그리 오랜 시간이 걸리지 않았다.

"응……?"

—???
—뭐야
—왜 잘함?
—서진아……?
—?????

머릿속에 갈고리가 떠오르고, 댓글창도 술렁이기 시작했다.

—3배속 천재였어
—미친 ㅋㅋㅋㅋㅋㅋㅋ 왜 잘하냐고

이수연은 자세를 고쳐 앉았다. 아예 모니터에 얼굴을 박고 있을 생각으로 책상에 가까이 몸을 붙였다.

자세히 봐도.

한 번 더 봐도.

그저 경이로운 지경의 3배속 댄스다.

단연 가장 눈길이 가는 것은 한 사람이다.

"서진아… 너 뭐야?"

연습을 많이 한 건 알겠는데 이 정도일 줄은 몰랐다.

3배속 댄스를 조금의 실수도 없이 소화하려면 대체 얼마나 연습을 한 걸까.

이수연은 감격 어린 표정으로 입을 틀어막았다.

"하아……."

그렇게 입가 위로 흐뭇한 미소가 떠나지 않았던 월간아이돌 너튜브 라이브.

—아 오늘 레전드였다

—우리 애들이 월간아이돌 찢었다 ㅎㅎ

—개재밌었음 ㅋㅋㅋㅋ 다시보기 봐야지

—3배속 댄스의 여운이 가시질 않아…….

데뷔 후 첫 예능.

모두들 흥분한 상태로 월간아이돌 방송 내용을 곱씹느라 바빠 보였고, 이수연도 그중 하나였으나…….

팬들은 잠깐도 쉴 수 없었다.

방송이 끝나자마자 새로운 떡밥이 떴기 때문이었다.

[이정식품X유니티지]

광고를 암시하는 티저 영상이 올라왔다.

*          *          *

[이정식품X유니티지]의 티저 영상이 뜨면서, 광고 촬영은 사실상 확정되었다.

계약을 마친 데다가 기사까지 떴는데 이제 와서 물릴 일은 없어 보였다.

신서진은 심각한 표정으로 생각에 잠겼다.

"이게 좋은 건지 모르겠단 말이야."

놈이 무슨 꿍꿍이인지 알 수가 없다.

이성적으로 생각해 봤을 때, 이정식품의 남이석 대표가 남 좋은 일을 해 줄 리가 없으니까.

분명 곱게 광고 찍게 해 줄 리는 없을 것이다.

빤히 보이는 함정에 걸려들어야 할지, 가능하다면 역으로 이용해야 할지.

머릿속이 복잡한데 뚜렷한 방향이 그려지지 않았다.

신서진은 턱을 괸 채 침음을 삼켰다.

그때였다.

"뭘 그렇게 생각해?"

유민하였다. 쉬는 시간 내내 구석에서 처박혀서는 근심 가득한 표정으로 한숨을 내쉬고 있으니, 걱정이 된 탓에 던진 물음이었다.

"아."

신서진은 헛기침을 하며 태연하게 덧붙였다.

"별건 아니었어."

이정식품 대표가 조금 이상한 인간 같다.

뒤가 조금 구린 데다가 내 목숨을 노릴지도 모른다.

아니, 실제로도 그런 전적이 있지.

—라고 설명할 수는 없으니, 그리 담담하게 퉁치는 것이었
다.

하지만, 역시 그렇게 그냥 넘겨 버리기에는 너무도 고민된
다.

신서진은 고개를 홱 돌려 유민하를 바라보았다.

잠시 머리를 긁적이다가, 천천히 입을 떼었다.

"우리는 기회가 참 중요하잖아."

"그렇지."

"광고는 더없이 감사한 기회지."

"광고? 우리 찍는 거?"

유민하는 두 눈을 동그랗게 뜨고선 신서진을 돌아보았다.

신서진은 여전히 뜬구름 잡는 듯한 말을 던질 뿐이었다.

"동아줄이 내려왔는데 그게 썩은 동아줄 같으면……. 너는
잡을 거야?"

유민하는 신서진의 말을 곱씹다가 인상을 찌푸렸다.

방금 전까지 광고 얘기를 했으면서, 이제 와 저렇게 의미심
장한 소리라니.

뜬금없긴 했지만 신서진의 의도를 알 것도 같았다.

"우리가 찍는 그 광고가 썩은 동아줄 같아?"

신서진은 대답 대신 고개를 끄덕였다.

유민하는 흔들림 없는 신서진의 눈동자를 빤히 응시했다.

그러다가, 조심스레 의견을 내었다.

"응, 그래도 나는 찍을 거 같은데."

"그래?"

"찍어 보기 전엔 모르잖아. 그 전부터 썩었니, 상했니. 걱정하는 건 의미가 없지 않아?"

거기에는 현실적인 이유까지 더해졌다.

"그리고 이정식품이면 썩은 동아줄 같지는 않은데. 그거, 완전 비단 동아줄 아니야?"

유민하는 두 눈을 반짝이며 피식 웃었다.

그녀는 자세한 내막을 전혀 모르고 있다. 그렇기에 할 수 있는 실없는 소리에 불과했지만, 어쩐지 위로가 된다.

원래 그런 거지.

때론 단순하게 생각하는 게 편할 때도 있다.

"그러네. 비단 동아줄이었네."

신서진은 유민하를 따라 웃어 보였다.

*      *      *

연습이 끝나고 늦은 시간에 돌아온 숙소.

신서진은 1층 침대에서 이불을 머리 끝까지 덮은 채 누워 있었다.

내일은 이른 오전 스케줄이 없었고, 덕분에 모처럼 만에 푹 잘 수 있는 날이었다.

그런고로 지금 이 시간을 방해받고 싶지 않았으나…….

우당탕탕.

"어! 어… 이건 또 뭐야?"

"어, 무거운데?"

"협찬인가?"

아, 시끄러워.

신서진은 툴툴대며 베개로 귀를 막았다.

그래 봤자 타고난 예민한 감각 탓에, 친구들의 대화는 더욱 또렷이 들렸다.

이래서는 어차피 못 잘 것 같은데.

결국 이른 취침을 포기한 신서진은 어기적거리며 방문을 열어젖혔다.

신서진은 두 눈을 비비며 이유승에게 물었다.

"무슨 일이야?"

"어, 서진아. 이거 확인해 봐!"

"그게… 뭔데요?"

그제야 아까의 소음의 정체를 알 수 있었다.

최성훈과 이유승, 차형원. 세 사람은 현관문 앞에서 택배를 뜯고 있었다.

뭐 때문에 그리들 흥분했나 했는데, 저 뒤로 수북이 쌓여 있는 음료수 팩이 보인다.

"음료수……?"

뜬금없이 웬 음료수야?

신서진은 미간을 찌푸리며 중얼거렸고, 차형원은 제대로 본 게 맞다는 듯 고개를 끄덕였다.

"매니저님이 연락 오셨는데, 협찬이래."

"협찬이요?"

"이정식품에서 온 거야. 이게 우리가 광고할 거래."

"음료수 광고였어요?"

그건 몰랐다.

신서진은 떨떠름한 표정으로 음료수 팩을 내려다보았다.

남이석 대표가 직접 관여했을 광고 품목. 여기서부터 엿을 먹일 거라고 생각했는데, 의외로 정상적인 음료수였다. 최소한 겉 포장지는 그러했다.

"근데 이게 무슨 음료수지?"

이유승은 고개를 갸웃거리며 음료수를 집어 들었다.

"일단 전부 미성년자니까 주류는 아닐 거고. 그냥… 평범한 음료수인가? 근데 이정식품은 과자가 유명하지 않아?"

"나도 애네 음료수 광고하는 건 못 본 것 같은데."

최성훈은 이유승의 말에 아쉽다는 듯 혀를 찼다.

과자가 협찬 왔으면 '합법적으로' 쟁여 두고 몰래 먹을 수 있었는데.

대충 그런 안타까움이 묻어 있는 표정이었다.

"이정식품 맛있는 과자가 그렇게 많은데, 왜 뜬금없이 음료수야. 하긴… 이미 잘나가는 상품은 광고할 필요가 없나?"

"그렇겠지. 근데… 이거……."

집어 든 음료수의 상세 설명을 차분히 읽고 있던 이유승의 표정이 굳었다.

왜인지 몰라도 제법 심각한 얼굴이다.

최성훈은 두 눈을 끔뻑이며 이유승의 눈치를 살폈다.

"왜? 뭐가 문제야?"

"문제는 없는데……. 이거 프로틴 음료야."

"뭐?"

그때, 방 안에서 꼼지락거리던 허강민이 걸어 나왔다.

"프로틴……."

아직 잠이 덜 깬 건지 반쯤 눈을 감은 모습으로, 녀석이 입을 떼었다.

"나 저거 알아."

그리고는 덧붙인다.

"헬스 하는 사람들도 안 마신다는 프로틴 음료."

"…그게 가능해?"

허강민의 한마디에 신서진의 얼굴이 차게 식었다.

프로틴에 그리 진심인 사람들조차 마시지 않는다는 프로틴 음료.

뉘앙스만 들어도 더럽게 맛없다는 뜻임은 분명해 보였다.

등골이 서늘해지는 것이 조금 불안했다.

어쩐지 정상적인 걸 광고 모델로 줄 리가 없다고 생각했는데.

"걱정이 현실이 됐어."

신서진은 중얼거리며 프로틴 음료를 움켜쥐었다.

그리고, 꼼꼼히 음료수를 훑어보았다.

진짜 겉으로 봐서는 멀쩡하다.

얼핏 봐선 커피 우유처럼 생긴 외관에.

딸깍.

음료수를 살짝 열어 냄새를 맡으면…….

"억!"

잠깐만.

이거 아닌 것 같은데.

방금 본능적인 거부감이 들었다. 흡사 사약을 연상케 하는 독한 냄새에, 먹어서는 안 될 것 같은 직감이 들었다.

이거… 독 탄 거 아니야?

충격에 빠진 신서진의 표정을 확인한 최성훈이 놀란 얼굴로 물었다.

"왜 그래?"

"…암살 시도였어."

"그럴 리가."

"맞는 것 같은데?"

킁킁.

내키지 않았지만 냄새를 다시 맡아 보았다.

그래도 다행히 독은 없는 듯하다.

그렇다고 하여 삼키고 싶은 마음은 조금도 들지 않지만…….

광고를 위해서는 어쩔 수 없이 시도는 해 보아야 했다.

냄새는 이래도 맛은 정상적일지도 모르니.

신서진은 용기를 내어 한 모금을 삼켰고.

웩.

"퉤."

그대로 뱉어 버렸다.

"으어… 어어억……."

고작 몇 초. 입안에 살짝 머금었을 뿐인데, 끔찍한 맛의 잔상이 입안에서 날뛰고 있다.

이게 뭐냐.

대체 어떻게 이리 쓰레기 같은 음식을 만든 거냐.

"악마 새끼였나?"

프로틴……. 그게 어떤 건지 몰라도.

그런 개같은 걸 처넣을 거라면 음료수라고 명명하지나 말든가.

아무리 반인반신이라지만 회사를 너무 장난으로 운영하는 거 아니냐!

어떻게 감히 이딴 걸 출시할 수가 있…….

"으… 으윽……."

신서진은 이를 악문 채 한 사람의 이름을 떠올렸다.

"남이석 개자식."

아.

먹고살기 힘들다, 진짜.

\*　　　　\*　　　　\*

같은 시각, SW 엔터에도 전설의 프로틴 음료 택배가 도착해 있었다.

건강 음료 광고라는 사실은 이미 알고 있었고, 아직까지 시음을 시도해 본 직원은 없었다.

한성묵 팀장은 음료수를 집어 들고선 꼼꼼히 확인했다.

일단 건강 음료치고는 제법 깔끔하고 세련된 디자인이 만족스러웠다.

그런데.

"아, 프로틴 음료 광고였어?"

제품 포장지에 떡하니 '프로틴 음료'라는 표기가 박혀 있다.

한성묵 팀장은 당황한 기색으로 신입에게 물었다.

"우리 애들 이미지가 프로틴이랑은 조금 멀지 않나?"

"그러게요."

아홉 명 전체의 인상을 하나하나씩 곱씹어 봐도 프로틴 음료수와 매치되는 사람이 없는데.

하물며 단독 광고를 이유승이나 차형원도 아니고, 신서진에게 주었다는 점이 가장 이해가 가지 않았다.

성격과 달리 생긴 건 말랑한 녀석이니까.

"약간 가볍게 먹는, 그런 컨셉으로 홍보하려 한 걸까?"

"어! 여기 그렇게 써 있습니다. 식후나 공복, 그 어느 때나 가볍고 편안하게 먹을 수 있는 프로틴 음료."

"어어, 그런 이미지로 광고를 짰나 보네. 뭐, 그럴 수 있지. 그래도 서진이 이미지는 아니긴 한데."

가볍게 먹는 프로틴 음료라…….

한성묵 팀장은 머리를 긁적이며 음료수의 뚜껑을 열었다.

갈색의 액체가 출렁거리며 존재감을 드러내었다.

얼핏 봐서는 초코 맛인가? 싶어 보이는 비주얼.

냄새라도 한 번 맡아 봤으면 이상함을 느꼈으련만, 정신이 없었던 한성묵 팀장은 별생각 없이 음료수를 입안에 털어 넣었다.

한 모금이라기에도 조금 더 많은 양의 음료.

아무 거리낌 없이 그것을 털어 넣은 대가는 상당했다.

"커어어억!"

바로 욕설과 함께 그대로 뱉어 내고 말았다.

"미친, 뭐야."

한성묵 팀장은 경악하며 프로틴 음료를 눈으로 훑었다.

이정식품에서 온 게 맞는데.

잘못 보냈나?

아닌데.

맞는데……?

"이것들… 뭘 만든 거야?"

아무리 건강 음료라지만 이 지경으로 맛대가리가 없으면 먹는 인간들이 있긴 한 건가?

어지간히 운동에 진심인 사람이 아니라면 줘도 버릴 것 같은 맛인데.

한성묵 팀장은 입안에 남은 끔찍한 미각에 미간을 찌푸렸다.

"어우, 물 좀."

꿀꺽. 꿀꺽.

다급히 물을 때려 박았지만 최악의 맛은 쉽사리 사라지지 않는다.

한성묵 팀장은 믿을 수 없다는 듯 혀를 찼다.

"이걸… 광고를 한다고?"

"네, 이정식품 측에서 야심 있게 리뉴얼해서 내놓은 프로틴 음료라고 하던데요."

신입은 이정식품 측에서 보내 온 전달 사항을 읊고 있었다.

딴 건 모르겠고, 리뉴얼한 게 이 맛이라면 음료 사업에는 손을 떼는 게 나을 듯싶었다. 한성묵 팀장은 한숨을 내쉬며 말을 뱉었다.

"왜 이정식품이 음료수는 밀린 건지 알 것 같군."

이거, 광고 철회해야 하나.

그래 봤자, 이미 결정된 사항. 윗선에서 어떤 말을 할지는 뻔했다.

'신인에겐 더할 나위 없는 기회라고 생각됩니다.'

회의 중 그렇게 말했던 이한나 이사의 목소리가 귓가에 맴돌았다.

실제로 그 말이 틀린 것은 아니었기에 부정할 수가 없었다.

한성묵 팀장은 그 멘트를 곱씹듯 다시 중얼거렸다.

"더할 나위 없는 기회……."

끔찍한 음료수를 꽁짜로 마셔 볼 기회라…….

하기야 광고가 아니라면, 언제 이런 걸 마셔 보겠냐.

아까의 맛이 다시 떠올라서, 절로 인상이 찌푸려졌다.

광고 찍으려면 최소 몇 번은 마셔야 할 텐데.

그것도 아주 맛있는 것처럼 방긋방긋 웃으면서 마셔야 할 텐데.

이거, 사악한 악덕 기획사가 된 기분이다.

"우리 애들 불쌍해서 어쩌냐."

한성묵 팀장은 지끈거리는 머리를 부여잡았다.

Chapter. 3

시끌시끌한 분위기 속에 분주하게 움직이는 스태프들.

정신없는 촬영장 한복판에서 유니티지는 멀뚱히 서 있었다.

흡사 드라마 촬영 현장을 방불케하는 열기였다.

실제로는 훨씬 더 작은 광고 촬영용 세트장에 불과했지만 말이다.

이 자리에 남이석 대표는 보이지 않았지만, 신서진은 신경을 곤두세우고 있었다. 이곳의 손에 닿는 모든 것들이 함정일 수 있다.

당장 위에서 뭐가 떨어져도 전혀 이상하지 않은 상황……

팔랑─.

"아아아아악!"

신서진은 비명을 지르며 한 걸음 뒤로 물러섰다.

선풍기 바람에 스태프 쪽에서 들고 있던 종이가 이쪽까지 날려온 탓이었다.

휙—.

종이를 낚아챈 유민하가 놀란 눈을 끔뻑였다. 신서진이 빽 소리를 지르는 바람에 적잖이 놀란 것은 이쪽도 마찬가지였다.

"뭐… 뭐 하는 거야?"

"하늘에서 종이가 떨어졌어."

그걸 이렇게 호들갑을 떤다고?

하마터면 심장이 내려앉을 뻔했다.

유민하는 다소 경멸의 눈빛으로 신서진을 바라보았으나, 신서진은 그런 것에 개의치 않았다. 그저 심각한 얼굴로 입을 뗄 뿐이었다.

"…암살당할 뻔했나."

"응?"

"조심하도록 해."

툭툭.

신서진이 유민하의 어깨를 토닥이며 촬영장으로 들어갔다. 가면서도 천장과 바닥, 벽. 모든 곳을 경계하는 모습이었다. 그 이유를 알 리 없는 유민하는 혀를 차며 중얼거렸다.

"드디어 미쳤나 봐."

아무래도 정상은 아닌 것 같았다.

\*　　　　\*　　　　\*

"신서진 씨, 들어가 주세요!"

우렁찬 목소리가 촬영장에 울려 퍼졌다. 본격적인 광고 촬영의 시작이다.

촬영 순서는 신서진 단독 촬영 후 유니티지 전체 촬영이었기 때문에, 신서진이 가장 먼저 카메라 앞에 앉았다.

비록 이정식품의 광고이지만, 팀의 이름이 걸려 있는 한 대충 찍을 수는 없는 노릇이다. 괜히 흠을 보이고 싶지 않은 마음도 있었다.

그 덕에 멘트는 숱하게 연습해 왔다.

굳이 한 번 더 알려 줄 필요는 없었는데.

스태프 하나가 잔뜩 흥분한 목소리로 신서진을 붙들었다.

"자자, 마지막으로 체크할게요! 신서진 씨, 리얼한 프로틴의 맛! 이렇게 외치면서 한입에 원샷 하고 따봉 한 번 날려 주면 돼요, 아시겠죠?"

"네에."

"목소리 크게! 한 번에!"

안 그래도 한 번에 할 생각이었다.

그 끔찍한 음료수를 원샷 해야 하는 것도 고통스러운데, 두 번 찍으라니. 무슨 일이 있어도 그것만은 피하고 싶었다.

연예계에 온 뒤로 표정을 숨기는 법을 배우고 있다.

신서진은 자꾸만 썩어 들어가는 표정을 관리하기 위해 어색하게 웃어 보였고, 몇 걸음 뒤에서는 그 모습을 지켜보고 있는 최성훈과 유민하가 있었다.

유민하는 스태프의 지시 사항을 들으며 고개를 끄덕였다.

확실히 먹는 광고라서 그런가, 음료수 원샷 때리는 거 외에 특별히 몸이 고생하는 부분은 없었다.

그래서, 유민하는 대수롭지 않게 중얼거렸다.

"생각보다 쉬워 보이는데?"

"쉬워 보인다고?"

그 말에 최성훈은 미간을 찌푸렸다.

굳이 따지자면 음료수 마시고 끝, 이니까. 쉬워 보이는 게 맞기는 한데…….

정정해야 할 것이 하나 있었다.

"저 광고에서 가장 문제인 게 바로 저 음료수를 마시는 거잖아."

"응?"

"저걸 원샷 하라고? 좀 에반데. 우리는 단체 광고니까 9분의 1로 나눠서 마시면 안 되는 거냐?"

최성훈은 목소리를 낮춘 채 유민하의 귓가에 속삭였다.

사방에 이정식품 직원이 있으니 대놓고는 못 말하겠고, 그렇다고 맛있다고 거짓말은 더, 더 못 하겠는 심정이었다.

"왜?"

하지만, 유민하는 최성훈의 말을 이해 못 한 표정이었다.

최성훈은 얼굴을 찡그리며 유민하를 돌아보았다.

"너, 저거 아직 안 먹어 봤어?"

"응, 우리 숙소에도 왔었는데 아직 안 먹어 봤어."

프로틴 음료라길래 운동할 때 먹어야지, 하고 쟁여 둔 걸 잊고 있었다.

정확히는 스케줄이 바빠서 챙겨 먹을 시간이 없었다고 보는 게 맞겠지만 말이다.

허업—.

최성훈은 크게 숨을 들이쉬고는 유민하의 어깨를 토닥였다.

"안 먹어 봐서 다행이야."

"응?"

이게 무슨 소리지.

유민하가 두 눈을 굴리던 그 순간.

이미 촬영을 시작한 신서진이 힘차게 외쳤다.

촬영장이 떠나가라 거침없는 외침이었다.

"리얼한 프로틴의 맛!"

입금된 만큼의 최선을 다하는 프로 연예인의 자세.

신서진은 싱긋 웃어 보이고선 악마의 음료를 꿀꺽 삼켰다.

원샷… 을 시도해 보려 했다.

쿨럭—.

"어… 어……."

잠깐의 고비가 있었지만 무사히 삼키는 모습이다.

유민하는 두 눈을 동그랗게 뜬 채 그 광경을 지켜보고 있었다.

엄지손가락을 치켜드는 모습이, 우선 스태프가 시키는 대로 할 건 다 한 게 맞긴 한데.

"후우……."

아까 마시다가 뿜을 뻔한 것도 그렇고, 저도 모르게 진심 어린 반응이 나온 건지 인상까지 찌푸리고 말았다. 이쪽에서 보였을 정도라면, 카메라에도 저 표정이 그대로 잡혔을 것이다.

"저런."

최성훈은 안타까움에 탄식을 터뜨렸다.

저거 한 병 더 마셔야 한다고?

진짜 에반데.

"촬영 다시 하겠네."

"…그렇게 맛없어?"

유민하마저도 걱정스러운 얼굴로 최성훈에게 물었다.

조금의 망설임도 없는 대답이 돌아왔다.

"진짜, 개맛없어."

"아이고……."

눈치를 살피느라 여전히 작은 목소리였지만 힘이 실려 있는 것이, 진심이 묻어나 있었다.

그 정도로 맛없는 음료수라……. 차라리 방금 전 그림을 그대로 썼으면 좋으련만, 그러기에는 너무 필터 없는 촬영이었다.

부디 두 번째 촬영 때는 성공하기를.

그렇게 신서진을 응원하던 순간.

유민하는 믿을 수 없는 한마디를 들었다.

"컷! 네, 수고하셨습니다!"

응?

NG를 안 외치기는 했는데…….

수고했다고?

"유니티지 단체 촬영 준비해 주세요!"

"뭐야? 저걸 그대로 쓴다고?"

최성훈은 제 귀를 의심했다.

누가 봐도 방금 전 촬영은 명백한 NG가 아니었나.

오죽하면 물로 입안을 세척하느라 정신없던 신서진조차 되물을 정도였다.

"정말 끝났나요?"

"네, 끝났습니다! 방금 그림 되게 잘 나왔어요!"

그럴 리가!

심지어 쟤 마시다가 뱉을 뻔했다고!

유민하는 떨떠름한 표정으로 입을 떡 벌렸다.

비록 광고 촬영 같은 거 한 번도 안 해 본 신인에 불과하지만.

감히 의견을 내 보자면 분명 뭔가 이상하다.

"원래 광고, 저렇게 찍는 거야?"

"요즘은 기술이 발전해서 표정도 전부 CG 처리 하나……?"

"그럴 거면 사람을 왜 불러서 찍어?"

"그, 그니까……."

혼란스러워진 두 사람은 결국 고선재 매니저를 찾았다.

"매니저님!"

"매니저님, 저거 맞아요?"

문제는.

"……."

고선재 매니저도 얼빠진 얼굴을 하고 있었다는 점이었다.


\*　　　　\*　　　　\*

광고 촬영을 끝내고 돌아가는 밴 안.

원래 이 시간쯤이면 다들 피곤해서 기절해 있기 일쑤였다.

그러나, 오늘은 달랐다.

촬영 때 겪었던 이상한 일에 대해 얘기하려면 차가 숙소에 도착할 때까지 말을 잠시도 쉴 수 없었다.

전원 기상. 다들 눈을 말똥말똥 뜬 상태로 흥분해 있었다.

"아까 광고 찍는 거 진짜 이상했다니까?"

그중에서도 가장 흥분한 것은 서하린이었다. 이런 식으로 찍는 광고가 있다는 건 정말 듣도 보도 못했다. 서하린은 한시은을 돌아보며 물었다.

"선배, 완전 이상하지 않아요?"

"으응. 나도 비슷하게 생각했어."

한시은은 차분한 목소리로 고개를 끄덕였다.

신서진 단독 촬영 때만 그런 것이 아니다.

무슨 단체로 빨리 퇴근하고 싶어서 미쳐 버린 사람들처럼, 대충 찍고 대충 끝내자는 태도가 눈에 보였기 때문이었다.

이건 진짜 아니다 싶어서 재촬영을 요청하긴 했는데, 그조차 제대로 카메라에 담겼는지는 의문이었다.

촬영장 분위기가 다소 정신없는 편이라 모니터링도 어려웠다.

어느 정도 연차 쌓인 아이돌이라면 거기서 한마디 했겠지만, 데뷔 2주 차의 신인들은 딱히 할 수 있는 말도 없는 법이다.

"단체 광고는 그렇다 치더라도요. 서진아, 너는 완전 뺄을 뻔하지 않았어?"

"개… 맛없더군."

"그렇지?"

음료만 못 만들면 다행인데, 이것들은 광고도 못한다.

서하린은 답답해 죽을 것 같은 표정으로 말을 이었다.

자신들이 광고비 한두 푼을 받은 거라면, 차라리 싸게 싸게 일 처리를 하고 싶었다고 느끼겠는데 그것도 아니었다.

"그 돈을 주고 불호 광고를 찍는 회사가 어딨어요. 아무리 편집해도 표정 살리기 어려울 것 같은데. 기획한 사람이 누군지는 몰라도 이상하고, 거기 카메라맨들부터 스태프들까지 단체로 돈 받은 것처럼 그 이상한 광고를 내보낸다고 하고……."

거기에 차형원이 심각한 얼굴로 말을 얹었다.

"맞습니다, 이상해요."

애들이 어떤 걸 걱정하는지 알고 있다.

애써 광고를 찍었는데 도리어 이상하게 나와 버린다면?

돈 받고 찍는 건 좋지만, 차라리 안 받고 안 찍는 게 더 나은 결과물이 나올까 봐 그러는 것이다.

고선재 매니저도 오늘 촬영 과정을 봤기 때문에 마찬가지로 걱정이 될 수밖에 없었다.

하지만…….

광고가 이상하게 나오면 SW 엔터도 가만있지는 않겠지.

아티스트의 명예를 훼손할 만한 광고 내용이라면, SW 엔터도 제대로 대응할 테니 말이다.

우선은 SW 엔터의 대처를 믿어 보는 수밖에 없었다.

애들을 안심시키기 위해서 고선재 매니저는 운전대를 잡으며 말했다.

"일단은 말씀드릴 테니, 조금만 기다려 보자."

*　　　*　　　*

그날 밤.

어둑한 방 안. 상당히 프라이빗한 공간에서 두 남자가 마주보고 앉아 있었다.

한 손에는 와인 잔을 든 채, 양복을 차려입고서.

짠—.

유리 잔이 부딪히는 소리가 청명하게 울려 퍼진다.

달밤 속에서 한 남자의 얼굴이 드러났다.

젊은 나이에 자수성가한, 20대들의 워너비.

이정식품의 남이석 대표였다.

그는 한 손으로 와인 병을 받친 채, 쪼르르 잔을 채워 주었다.

그러고는, 부드러운 향을 한 번 맡은 뒤.

한 모금을 천천히 넘긴다.

"후우……."

남이석 대표는 기분이 나쁘지 않다.

모든 것이 계획대로 되어 가고 있는 중이고, 든든한 지원군을 만나 한시름 놓은 덕이었다.

이 자리도 지원군을 위해 마련한 자리였다.

자신의 염원을 이뤄 줄 초월적인 존재.

감사하게도 뜻이 맞았던 남자.

남이석 대표는 공손한 목소리로 입을 뗐다.

"입맛에 맞으실 겁니다. 제가 직접 구한 귀한 와인입니다."

"그런가."

남자는 고개를 끄덕이며 와인 잔을 들었다.

남이석 대표는 그런 그를 보면서 부드럽게 웃었다.

귤 껍질과 꿀이 들어가면서 한입 머금었을 때, 새콤달콤한 풍미가 올라온다. 산미보단 달달한 맛이 조금 더 강해서 가볍게 먹기도 좋다.

유명한 와인이라고 들었는데 만족스럽다.

술에 약한 남이석 대표의 입에는 딱 맞는 수준의 와인이었다.

그렇게 남이석이 와인 한 모금을 입안에서 천천히 굴리고 있는 사이.

줄곧 말이 없던 그의 지원군이 피식 웃었다.

"아쉬워. 나는 확실히 취하는 쪽이 좋은데."

툴툴대면서도, 와인 한 잔을 바로 원샷 해 버리는 남자였다.

\*　　　　\*　　　　\*

두 사람이 같은 자리에 모인 것은 다름 아닌 한 사람 때문이었다.

현재는 신서진의 몸을 빌려 살고 있는, 전령의 신 헤르메스.

올림포스에서의 영향력을 생각한다면 결코 무시할 수 없는 존재였다.

연예계에 진출해 제 힘을 회복할 수 있다는 것을 확고히 알고 있으며, 빠르게 제 이름을 알리는 중이다.

그런고로 현재 신서진이 남이석 대표의 경계 대상 1위가 되었다.

결과적으로 나중에 그를 꺾어야 하는 입장이라면, 반드시 그 성장을 저지해야 했다.

그렇기에 오늘의 선택은 상당히 이례적이다.

"광고를 찍어 줄 줄은 몰랐는데."

남자가 낮게 깔린 목소리로 말을 뱉었다.

불쾌함이 묻어 있는 목소리라서, 남이석 대표는 다급히 해명했다.

"매출이 가장 나오지 않는 버리는 카드로, 광고를 찍은 것입니다."

"안 찍는 편이 나았을 텐데."

"저는 찍는 게 나았을 거라 생각했습니다."

남이석 대표에게 중요한 것은 돈이 아니다.

광고비쯤은 투자금으로 생각하면 날려 먹어도 그만이고.

그에게는 계획의 성공 여부가 그 무엇보다 중요했다.

남이석 대표가 SW 엔터에 광고 제의를 보낸 이유는 하나였다.

어떤 방식으로든 신서진에게 위해를 가하기 위해서.

처음 구상했던 방식은 광고 촬영 도중 자연스러운 사고를 일으키는 것이었는데.

어쩌다 보니 계획이 조금 바뀌어 버렸다.

'먹혔을 리 없어.'

데뷔 후 빛의 가루를 충분히 충전한 신서진이라면, 제 목숨이 위협받는 지경까진 가지 않을 것이다.

섣불리 도발했다가 모습까지 드러낸 상황에서 역공을 맞을 수도 있었다.

"분노한 신이 가장 무서운 법이지."

"그렇죠."

남자 역시 남이석 대표의 의견에 동의하는 기색이었다.

어찌 되었든, 이러한 이유로 직접적인 방식은 피하게 되었고.

특별한 위해 없이 무사히 광고 촬영은 마무리되었다.

표면적으로는 그러했다.

하지만, 그리 멍청하게 보내기엔 투자한 돈이 아깝다.

그래서 선회한 방법은 녀석의 이미지에 타격을 주는 것.

남이석 대표는 양손에 깍지를 낀 채 말을 이었다.

"아직 신인입니다. 이슈에 약하죠. SW 엔터 신인 그룹으로 초반 몰이에는 성공했는데, 안 좋은 이슈들이 연이어 터지면 대중들에게는 그런 이미지로 박히게 됩니다."

남이석 대표는 연예계 전문이 아니다.

굳이 따지자면 이쪽에는 문외한에 가깝겠지만, 신서진을 무너뜨리기 위해 오랜 시간 고민했다.

직접적으로 해를 끼치는 대신, 그를 천천히 몰락시킨다.

"광고 한 번으로 이미지가 안 좋아지기도 합니다. 특히 팬덤이 튼튼한 연예인이라면 모르겠지만, 그렇지도 않은 신인들인데. 광고한 제품의 평판이 안 좋으면 분명 녀석들에게도 영향이 갈 것입니다."

유니티지 못지 않게 이정식품에도 타격이 가겠지만 아무래도 상관없다.

회사나 경영하겠답시고 지금까지 계획을 준비해 온 것이 아니니까.

그에게 이정식품은 그저 수단일 뿐 목표는 아니었다.

그래서 맛도 없는 주제에, 가성비조차 최악인 제품을 준비했다.

거기에 더해 성의 없이 찍은 광고.

결과적으로 유니티지에 도움이 되진 않을 것이다.

그것이 남이석 대표의 생각이었다.

그리고.

그 아이디어가 마음에 들었는지.

"쓰레기 같은 짓을 참 정성스럽게 해."

남자는 껄껄대며 웃었다.

*　　　*　　　*

[프로티X유니티지 랜덤 포토카드 증정 이벤트]

기간: 15.07.27~15.08.27

프로티 6개입 박스에서 유니티지의 랜덤 포토카드가 '일정 확률'로 등장해요!

유니티지의 18종 포토카드가 궁금하다면?

모두 프로티 마시러 출발~!


이정식품의 별스타그램에 프로틴 음료, 프로티의 광고가 올라왔고.

이정식품과 SW 엔터의 콜라보레이션.

그 두 단어만 듣고 설레였던 팬들은 적잖이 당황했다.

솔직히 말해서, 청량한 이온음료로 광고해도 모자랄 지경에.

프로틴 음료수? 헬스장에나 여러 팩 구비해 놔야 할 것 같은 그것을… 왜 아이돌 마케팅으로 써먹냐고.

커뮤니티가 발칵 뒤집힌 것도 당연한 수순이었다.


─아 ㅅㅂ 프로티가 뭐임 ㅋㅋㅋㅋㅋㅋㅋㅋㅋㅋ

─미친 상상도 못 한 콜라보인데

─과자가 아니었어????

─하……. 콜라보를 왜 프로티랑 함? 대체 아이돌이랑 프로틴 음료수랑 무슨 연관성이 있는데?

　ㄴ에스떱은 뇌가 없어

　ㄴㅇㅇ그냥 생각이 없어

　ㄴ마케팅 ㅅㅂㅋㅋㅋㅋㅋㅋㅋㅋㅋㅋㅋ

─ㅋㅋㅋㅋㅋㅋㅋㅋㅋㅋ누가 사 먹냐고 대체

　ㄴ안녕하세요 누입니다

ㄴㅋㅋㅋㅋㅋㅋㅋㅋㅋㅋㅋ

ㄴ다들 이래 놓고 프로티 열 박스 쟁여 놨다 인정?

ㄴ백 퍼 저러면서 다들 쟁일 거 알고 있어~

—와 저거 그거잖아 그 유명한 악마의 음료수

ㄴ먹으면 뒤진다는?

ㄴ저건 ㄹㅇ 먹으면 뒤져

ㄴ저기다가 대체 뭘 처넣었는지 궁금함 단백질이 저런 맛이 날 리가 없음

ㄴ사람이 먹으면 안 될 그 맛…….

—포카를 위해 프로티를 먹어야 하고, 프로티는 운동할 때 먹는 거니까. 이게 다 팬들의 건강을 챙겨 주기 위한 에스떱의 고도의 전략?

ㄴ첫 광고가 프로틴 음료인 아이돌이라……. 말도 안 돼

ㄴ내가 저딴 음료수를 포카 뜯으려고 쟁일 거라는 게 더 말이 안 돼…….


거기에 더해, TV 광고가 먼저 너튜브에 선을 보인 것은 28일 저녁이었다.

'리얼한 프로틴의 맛!'

힘차게 외치고선 프로티를 원샷하는 신서진의 모습과, 미묘하게 일그러지는 표정. 마지막으로 파르르 떨리는 어깨까지. 그 장면은 고스란히 카메라에 잡혔다.

애초에 편집으로 걷어낼 생각조차 하지 않은 것이다.

다행이라면 뒤늦게라도 신서진이 어색하게 웃어 보였다는 점

이었달까.

그 끔찍한 맛을 뚫고 버텨 낸 정신력이었다.

프로티가 인지도가 없었으면 모를까.

안 좋은 쪽으로 상당히 유명한 편인 음료수였다.

때문에 프로티 광고가 공개되자마자, 댓글창은 웃음으로 도배가 되어 버렸다.


―아 시발 표정 ㅋㅋㅋㅋㅋㅋㅋㅋㅋㅋ 광고로도 맛없는 걸 숨기지 못한 거냐

광고인데 ㅋㅋㅋㅋㅋ 표정이 썩어 들어가

ㄴ어색하게 웃고 있는 저 미소

ㄴ와 저거 먹다가 토하는 거 아니야?

ㄴ살짝 뱉을 뻔한 것 같기는 한데… ㅎㅎ

―궁금하다 얼마나 맛없길래?

ㄴ한번 사 먹어 봐야 하나

ㄴ먹어 보고 싶긴 한데 내 돈 주고 사먹기는 아까운 맛이랄까

ㄴ서진이 고통받는 거 봐

ㄴ아니 애들한테 ㅋㅋㅋㅋㅋ저딴 거 먹이지 말라고

―이게 제대로 된 광고의 표본이 아닐까? 허위 광고도 과장 광고도 없음 프로티가 ㅈㄴ 맛없다는 걸 확실히 보여 줌

ㄴㅋㅋㅋㅋㅋ그게 무슨 광고인데 ㅋㅋㅋㅋㅋ

ㄴ근데 더 웃긴건 지금 프로티 품절임

ㄴ????

ㄴ?

ㄴ?

ㄴ누가 삼?

ㄴ그러게 말이야?


모두가 망할 거라고 생각했던 프로티의 광고가.

의외로 효과를 보는 순간이었다.


\*           \*           \*


비록 의도 자체는 단백질을 보충해 준다는, 프로틴 음료수였지만 실제 프로티의 사용 용도는 벌칙용이었다. 예능 프로그램에 벌칙으로도 한두 번 나온 것이 아니기에, 프로티의 이름만 놓고 본다면 인지도가 있는 편이다.

문제는 이번 광고로 그 신드롬이 다시 일었다는 점이었다.

개학 첫날의 서을예고 1학년 3반.

쿵.

묵직한 검은 봉지가 책상 위를 때렸는데, 그 안에 가득 담긴 것은 요즘 그렇게 핫하다는 그 프로티……. 최악의 음료수였다.

3반 반장 서민혁이 우렁찬 목소리로 외쳤다.

"자아, 이거 힘들게 구했거든?"

그 한마디에, 3반 전원의 시선이 집중된다.

앞자리에 앉은 애 하나가 프로티의 개수를 확인하고선 짧은 탄성을 터뜨렸다.

"미친. 저걸 쓸어 왔냐?"

"와, 어디서 구했어! 요 앞에 편의점에는 없던데?"

"와아아아악!"

뜨거운 관심이 프로티에 쏠렸다.

서민혁은 기분 좋게 웃으면서 프로티 팩을 손에 들었다.

느닷없이 인근 편의점을 다 털어서 요즘 매진이라는 프로티를 사 온 이유는 하나였다.

원샷 대결……!

그것도 평범한 대결이 아니다.

서민혁은 장난스럽게 웃으면서 손가락을 까닥였다.

"어, 거기 촬영은 잘되고 있어?"

짧은 머리의 남자애가 머리 위로 동그라미를 그려보였다.

프로티가 열풍을 불러온 이유.

이걸 원샷 하겠다고 객기를 부리는 이들이 한둘이 아니었다.

유명 너튜버들과 틱톡커들이 앞다투어 원샷 영상을 올리면서, 반에서 그걸 우르르 따라 하는 학생들이 늘어났다.

원래 이 나이 때에는 유행이랍시고, 남들 하는 거는 다 해봐야 직성이 풀리는 법이다.

게다가 서울예고가 평범한 고등학교도 아니고, 아예 이런 장면을 카메라로 남겨서 어디에 따로 올릴 생각이었다.

서민혁은 두 눈을 반짝이며 반 아이들을 훑었다.

하나같이 관심을 보이는 것이, 프로티를 두둑이 사 온 보람이 있다.

"자아, 무려 우리 선배님들이 광고한 음료수인데……. 도전
해 볼 사람?"

"나!"

"비켜, 나야!"


서민혁은 엄지손가락을 치켜세우며 도전자를 위해 자리를
비켜 주었다.

자신만만하게 등장한 첫 도전자.

3반의 춤 전공, 이수형이었다. 원래 댄스 전공 애들이 이런
자리에 빠지지 않고 등장하는 법이니 특별히 이상할 것도 없
다.

"어우, 원샷 충분히 가능하지."

허세 가득한 말은 덤이다.

그래도 명색이 선배 응원 영상이라는 명분이 있으니까.

"유니티지 파이팅!"

우렁찬 외침과 함께.

이수형은 프로티의 뚜껑을 열어 한 입에 털어 넣었다.

꿀꺽. 꿀꺽. 꿀꺽.

한 모금만 입술에 닿아도 끔찍한 잔향이 느껴지는 그 액체
를 목구멍 안쪽으로 밀어넣고, 억지로 삼키면서.

그렇게 간신히…….

원샷에 성공했다.

"으… 으윽……."

뒤늦은 여파가 몰려온다. 이수형은 인상을 찌푸리며 잠시 비

틀거렸다.

3반 애들은 잔뜩 구겨진 이수형의 얼굴을 보며 웃어 댔다.

"뭐야, 그렇게 맛없어?"

"푸하하하!"

"내가… 뭘… 뭘 마신 거지?"

이수형은 그제야 깨달았다.

광고 촬영 당시 제 학교의 선배가 입가에 어색한 미소를 머금어 보였던 것조차, 실은 엄청난 인내의 결과물이었다는 것을 말이다.

왜냐면…….

이걸… 이걸 마시고 웃을 수가 없다.

"우엑."

토를 하지 않아서 다행이다.

이수형은 헛구역질을 하면서 다 비운 프로티의 팩을 내려다보았다.

겉으로 보기에는 평범한 음료수 팩처럼 화사하기 그지 없는 비주얼.

그 안에 담고 있는 것이 독극물과 같은 것이라니.

"와, 두 번은 안 사 먹을 맛이야."

이수형은 단호하게 말을 뱉었다.

"으으윽. 최악이야."

얼마나 끔찍했는지, 부르르 몸까지 떨어 대었다.

그리고, 그 모습을 눈앞에서 봤음에도 다음 도전을 하겠다고 나선 멍청이들은 줄을 서 있었다.

"나도!"

"나도 마실래!"

"야야, 내 것도 남겨 놔라!"

뭐, 당연하다.

혈기 왕성한 고등학교 1학년들을 모아 놨으니, 그 나이 때의 객기를 부리는 것.

실제로 몸에 안 좋은 것도 아니니 말릴 이유도 없다.

그 모습을 조금 멀리서, 그러니까 복도 창문 너머로 지켜보고 있던 주영준 선생은 피식 웃음을 흘렸다.

제 제자들이 데뷔해서 찍은 첫 광고.

어찌나 바쁜지 개학식에도 얼굴을 비치지 못한 녀석들이지만, 그 어려운 연예계 생활을 나름 잘 해내 가고 있는 듯하다.

데뷔로 '유니티지' 이름 넉 자를 대중들에게 각인시켰을뿐더러, 첫 광고도 저렇게 사람들이 좋아해 주고.

"자식들, 성공했네."

입가에 흐뭇한 미소가 떠나지 않았다.

*　　　　*　　　　*

이른 아침.

고선재 매니저가 주차장에 차를 세운 직후, 우렁찬 외침이 들려왔다.

"우어어어어!"

고선재 매니저는 양팔을 들어 올린 채 행복한 비명을 지르며 달려왔다.

잔뜩 상기된 얼굴에 흥분한 목소리.

유니티지 멤버들은 그 이유를 알고 있었다.

"왜 그런 건지 모르겠는데 대박이 났어……."

그렇다.

프로티 광고가 대박이 났다.

"얘들아, 축하한다……!"

"꺄아아아! 매니저님!"

정말로 이유는 모르겠는데 잘됐다.

찍는 와중에도 그렇고, 찍은 후에도 묘하게 찝찝함이 남았던 광고.

그 결과물이 나오고 나서도 고개를 갸웃했는데, 그것이 뜻밖의 행운으로 돌아왔다.

너튜브에는 그 맛없는 음료를 몇 팩씩이나 원샷을 때리는 스트리머들이 앞다투어 영상을 올렸고, 신서진의 미묘하게 일그러진 표정을 따라 하는 사람들도 많았다.

기분이 나쁠 만도 한데, 신서진은 그걸 즐기고 있었다.

"아, 관심의 맛."

짜릿하다.

빛의 가루를 얼마나 두둑하게 쌓은 것인지, 데뷔 이래 최고치를 찍었다.

어떤 가수는 봄노래 하나를 기가 막히게 만들어서 그 노래가 나올 때마다 저작권료를 받는다고, 벚꽃 연금이라고 부르던데.

자신은 누가 제 이름을 언급하고 밈으로 삼을 때마다 빛의 가루가 차곡차곡 들어온다.

이건 프로티 연금이었다.

신서진은 흐뭇한 미소를 지으며 5분 전에 올라온 기사를 정독했다.

「프로티 열풍, 신인 그룹 유니터지의 마케팅이 효과를 보았나」

이정식품X유니터지의 콜라보레이션이 시작된 가운데, 유니터지 랜덤 포토카드 증정 이벤트를 진행하고 있다.

악명 높은 음료수와 코어 팬덤이 부족한 신인 그룹의 조화.

우려되는 부분이 많았음에도, 유니터지는 라이징 스타의 면모를 증명해 냈다.

프로티는 지난 일주일 새에 매출이 13배 증가했고, 30일, 그 여파로 이정식품의 주가가 상승세를 보였다. 이정식품의 영리한 마케팅이 가져온 성공이었다.

"주가?"

그건 잘 모르겠고…….

신서진은 스크롤을 내려 댓글을 확인했다.

프로티 광고의 성공으로 뜨거운 댓글들이 쉼 없이 달리고 있었다.

이것은 빛의 가루와는 별개로, 짜릿한 일이었다.

─누가 그러던데, 입금에 충실한 현대인의 애환이 담겨 있는 표
정이라고

└이거네

└눈으로는 욕하는데 입으로는 웃고 있음

└돈을 받았으니 찍어야겠고, 음료는 맛없고⋯⋯. 최대한 웃으
면서 찍어 보려는데 표정이 숨겨지지 않고⋯ ㅋㅋㅋㅋㅋㅋㅋㅋ

└은은한 광기 ㅋㅋㅋㅋㅋㅋㅋㅋ

└아 진짜 내 취향이야 너무 좋아

─서진이도 저렇게 열심히 사는데⋯⋯. 누나도 열심히 돈 벌게
ㅠㅠ

└아 ㅋㅋㅋㅋㅋㅋㅋㅋㅋㅋㅋㅋㅋㅋㅋ

└그래 내가 뭐라고⋯⋯. 너도 저렇게 열심히 사는데⋯⋯.

└앞으로 나는 신서진처럼 열심히 사는 사람이 되어야겠다

└성실의 척도가 왜 신서진이 된 거임?

└프로티 원샷 때려 보면 이해할 거임

─신서진 결혼하자!!!

└세상에. 열심히 사는 애한테 무슨 험한 말을 하시는 거예요

└서진이가 님이랑 결혼하려고 저렇게 프로티 원샷 때리면서 돈
버는 거 아니라구요

└맞아 프로티 원샷 아무나 하는 줄 아네

└ㅋㅋㅋㅋㅋㅋㅠㅠ


히익.

갑자기 결혼이라니.

"새파랗게 어린 친구들이 못 하는 말이 없어."

신서진은 휴대전화를 덮었다. 그 밑에 줄줄이 달린 댓글들도 분위기는 비슷했다. 그 씁쓸한 표정에서 알게 모르게 공감을 얻었다나.

광고 촬영 중 표정 관리에 실패한 것이 이정식품 측에서 물고 뜯을 만한 이슈가 될 줄 알았건만, 도리어 팬들의 호응을 얻었다.

사실 유니티지 멤버들은 이 모든 상황이 신기할 따름이었다.

광고를 통해 인지도를 올릴 수도 있겠다, 라는 기대는 했었다.

하지만, 이것은 단순히 인지도를 살짝 올린 선을 넘었다.

너무 잘됐다.

말 그대로 대박이 난 거니까.

아직 신인 그룹 유니티지의 이름을 기억하는 사람들은 많지 않지만. K—POP에 관심 없는 대중들조차도 신서진의 얼굴은 알게 되었다.

그 맛없는 음료수를 원샷 때리고선 어색하게 웃고 있는 그 장면.

최소한 그것만은 밈으로 남아서 기억될 테니 말이다.

인지도를 끌어올릴 수 있는 최고의 기회이다.

하지만, 지금은 그런 모든 일에 흥분하기에는 아직 얼떨떨한 상태였다.

신인에게는 가야 할 길이 아직 많이 남은 게 사실이니까.

그래서, 광고의 성장에도 정작 유니티지가 나누는 대화는 지극히 일상적인 내용이었다.

"근데 그 음료수 진짜 맛없더라."

"응, 그건 그래."

신서진은 인상을 찌푸리며 말했다.

"대체 저런 건 왜 사서 먹는 거지? 돈을 줘도 안 먹을 판에."

"원래 도전 정신이 그런 거야."

"개쓸데없는 데에 그 소중한 정신을 불태우는군."

인간들은 참 알 수 없다고, 신서진은 그렇게 중얼거렸다.

<br>

\*　　　　　\*　　　　　\*

<br>

광고의 성공 이후, 이정식품이 가장 먼저 한 일은 광고를 끊어 버리는 일이었다. 힘들게 광고를 만들어 놓고선 그걸로 홍보할 생각조차 없다. 이정식품 직원들조차 이해할 수 없는 행보였다.

물 들어올 때 노 저어야 하는 것이 당연한 이치인데, 오히려 그와 반대로 행동하는 회사.

어쩔 수 없었다.

남이석 대표에겐 프로티 성공이 전혀 기쁘지 않았으니까.

며칠 전, 단둘이 와인 잔을 기울였던 프라이빗 사무실.

남이석 대표는 오늘도 같은 남자와 앉아있었다. 단, 화기애애했던 분위기는 차갑게 식어 버린 채였다.

웃으면서 술을 마실 기분이 아니었다.

남이석 대표는 말없이 가장 독한 와인을 기울였다.

"후우……."

한 모금을 삼켰을 뿐인데, 알코올 향이 전신으로 스며드는 듯한 착각이 든다. 심장이 쓰려 와서 손으로 가슴팍을 세게 눌렀다. 이리도 답답한 것은 전부 이번 계획의 실패 때문이었다.

뼈아픈 실수였다. TV 광고를 끊어 버렸지만 요즘 세상에 사람들이 TV만 보는 것도 아니고. 인터넷으로 이미 다 퍼져 버려 화제가 된 광고를 다시 주워 담을 수는 없었다.

입을 꾹 닫은 채 술만 목구멍에 털어 넣고 있는 남이석 대표.

보다 못한 남자가 타박을 던졌다.

"그러게 왜 여지를 줬나."

남이석 대표는 남자의 말에 미간을 찌푸렸다.

그는 어떻게든 신서진을 매장할 방법을 찾고 있었다.

한데, 직접적인 위해를 가하는 건 선택지에서 빼야 했고, 그 탓에 상황이 더 복잡해졌다.

그래서 이리 간접적인 방법을 썼는데 결과는 대실패.

결국 꼴 보기 싫은 녀석만 신나는 꼴이 되었다.

남이석 대표는 불쾌한 심정을 감출 수가 없었다.

"저를 타박하실 것이 아니라, 이 건에 대해서는 오히려 제가 할 말이 많죠."

예나 지금이나, 남이석 대표의 주장은 같다.

"이럴 바에 아예 헤르메스를 죽여 버리는 게 깔끔하지 않습니까."

남자는 위험하다는 이유로 직접적인 도발을 반대했지만.

이 계획까지 실패하고 나니, 자신의 생각은 더욱 굳어지는 것이다.

왜 놈이 강해질 때까지 간을 보고 있나.

차라리 지금 죽여 버리면 될 것을.

남이석 대표는 이를 꽉 악문 채 말을 뱉었다.

"지금이 기회입니다. 더 강해질수록 상대하기 어려울 것입니다. 아직까지는 충분히 해 볼 만한 상태라고 생각합······."

"글쎄. 그건 좀 곤란한데."

남자는 빠르게 남이석 대표의 말을 끊었다.

그 무례함에 남이석 대표는 미간을 찌푸리며 남자를 응시했다.

둘의 관계는 이러했다. 비록 이 모든 그림을 그리고 주도하는 주체는 남이석 대표임이 분명하지만, 그는 더없이 약했다. 지원군의 존재가 있어야만 비로소 신들을 칠 수 있을 만한 힘을 얻는다.

그렇기에 그가 곤란하다고 말하면, 정말 곤란한 것이다.

남이석 대표가 우긴다고 해서 해결될 상황이 아니니까.

그러나, 명백히 협력의 관계.

최소한 이유는 알아야 하지 않겠나.

남이석 대표는 싸늘한 목소리로 말을 꺼냈다.

"모든 신을 다 족치겠다고, 합의 본 것 아니었습니까."

"으음······."

그 말에 남자는 피식 웃음을 흘렸다.

"그렇지."

둘은 신을 증오한다.

그렇기에 하나가 되어 뭉쳤다.

상대가 누구든 상관없다.

헤르메스에게 사적인 악감정은 없지만, 계획에 방해된다면 제거하는 편이 낫다. 어차피 차후에는 모든 신들을 적으로 돌릴 테니까.

그럼에도, 남자가 망설이는 이유는 하나였다.

"그쪽은 내 생명의 은인이라서."

그는 어깨를 으쓱이며 덧붙였다.

"신들도 의리는 지킬 줄 아는 편이야."

그 한마디에 남이석 대표는 숨을 삼켰다.

마치 깊은 눈동자가 제 눈을 꿰뚫어 보는 듯하여, 이번에도 반박은 하지 못했다.

'제길.'

남이석 대표는 속으로 욕지거리를 뱉으며.

"그 얘기는 미뤄 둡시다."

그저 한숨과 함께 그리 대답할 뿐이었다.


＊　　　　　＊　　　　　＊


유니비 숙소에 도착한 고선재 매니저는 짧게 오늘의 스케줄을 브리핑했다. 음악방송 활동이 끝나고, 슬슬 활동기가 마무리될 시점이었지만 스케줄은 음방 때와 비슷하게 바빴다.

"유승이랑 성훈이는 오늘 라디오 일정 있는 거 알고 있지?"

"네엡!"

"그리고, 신서진. 민하랑 너튜브 촬영 잘하고 오고."

"네."

"허강민, 차형원. 둘은 화보 촬영 오후 3시에 잡혀 있으니까, 이따가 픽업하러 다시 올게."

"네, 알겠습니다!"

예능 너튜브 촬영에, 라디오, 화보 촬영까지.

스케줄이 쉬지 않고 잡히니 쉴 날이 없다시피 했다.

피곤하지 않다면 거짓말이겠지만, 데뷔 전 최성훈이 그랬었다.

신인은 스케줄이 잡히는 것이 행복이라고. 신서진은 그 말에 어느 정도 공감했기에 끊임없이 쏟아지는 스케줄에 만족했다.

"음, 그리고 또 전달 사항이……."

그렇게 모든 스케줄 브리핑을 마친 고선재 매니저가 피곤한 기색으로 눈을 비비고 있던 그때.

최성훈이 손을 들었다.

"매니저님, 저희 팬싸는 어떻게 됐어요?"

"아."

지난주에 일정 나온다고 했던 그거.

고선재 매니저는 손뼉을 치며 탄성을 뱉었다.

요며칠 정신이 없던 건 매니저도 마찬가지라, 하마터면 전달 사항을 빼놓을 뻔했다.

그래, 데뷔 후 첫 팬 싸인회.

"어제 날짜 나왔더라."

그 한마디에, 여기저기서 탄성이 터져 나왔다.

"오……."

"언젠데요?"

"아직 확정은 아닌데 곧 공지 올라갈 거야. 8월 17일."

"와, 얼마 안 남았네요?"

두 눈이 크게 뜨인 것은 신서진도 마찬가지였다.

음악방송 활동 중 대기실에서 애들에게 종종 들었다.

팬 싸인회라고, 팬들을 직접 만나 싸인하는 기회가 있다나.

쇼케이스나 무대.

음악방송 끝나고 퇴근길에서 팬들을 몇 번 보긴 했지만 직접적으로 가까이서 마주할 기회는 흔치 않았다.

지금껏 감사히 관심을 후원받는 동안 직접 감사 인사를 전할 기회가 없어서 얼마나 아쉬웠던가.

고마운 후원자들을 직접 대면할 기회라니…….

"와, 기대되는데요."

신서진은 짧게 탄성을 터뜨다.

인생 첫 팬 싸인회를 기대하는 것은 어쩌면 당연한 건데…….

"너도지?"

"으응, 당연하지……."

그 눈빛에서 언뜻 비친 광기에 최성훈은 불안해졌다.

*            *            *

팬 싸인회 회의가 끝난 것은 꽤 늦은 시간이었다.

데뷔 후 첫 팬 싸인회. 모든 멤버들이 아직은 서투를 때라, 미니 팬 싸인회치고는 준비해야 할 것들이 많았다.

팬 싸인회까지 그리 긴 시간이 남은 게 아니었다.

서울예고를 다니면서 타임 어택에야 자신이 생겼다 해도, 무대 연습에 팬 싸인회 예행 훈련까지 해야 했으니 빠듯할 수밖에.

무대야 남은 시간에 짧게 한 곡 정도 한다고 했으니까 전날한 번 더 맞춰 봐도 충분할 듯하고, 가장 큰 관건은 신서진의팬 싸인회 연습이었다.

방송만 나갔다 하면 기상천외한 발언들로 인기를 몰고 다니는데.

그 활기찬 주둥아리로 팬 싸인회에서 무슨 말을 할지 모르니 SW 엔터 입장에서는 걱정이 되는 모양이었다.

그런고로 신서진의 입단속은 유민하와 서하린이 맡게 되었다.

유민하는 머리를 질끈 묶고 나서는 신서진의 앞에 당겨 앉았다.

"서진아, 잘 들어 봐."

"으응."

유니티지 전용 연습실.

원래는 무대 연습을 하고 있었을 시간이지만, 오늘은 유민하의 팬싸 특강이 펼쳐질 예정이었다.

"내가 오면서 얘기했잖아. 가장 먼저 뭐부터 물어보라고?"

"당연히 이름이지."

신서진은 자신있게 대답했다.

그렇잖아도 유민하가 얘기해 주기 전에, 팬 싸인회 후기를 슥슥 뒤져 보았다.

현대 문물… 처음에나 어려웠지, 익숙해지고 나니 할 만하더라.

팬 싸인회 후기만 초록창에 쳐도 다른 연예인들의 팬 싸인회 내용이 현장감 있게 기술되어 있었으니까.

그 얘기까지 덧붙이고 나니, 유민하와 서하린의 안색도 한결 밝아졌다.

이 정도면 진짜 걱정할 게 없을지도 모르겠는데?

서하린은 의외의 준비성에 두 눈을 동그랗게 떴다.

"오, 그러면 그 다음은?"

"…종족?"

"응?"

"아, 이거 아니었지."

신서진은 이마를 짚으며 다급히 말을 수정했다.

하기사 팬 싸인회에 인간들만 오겠지…….

원래 이 나이 되면 조금씩 깜빡깜빡하는 법이다.

아까까지 반짝이던 유민하의 두 눈이 탁해졌다.

'기대한 내 잘못이지…….'

어째 조금씩 희망을 잃어 가는 눈빛이다.

신서진은 손사래를 치며 아마도 정석이었을 대답을 뱉었다.

"그러면 나이?"

"그래, 나이 많으면 누나라고 하고. 그게 아니면 원하는 대로 불러 드리고!"

"…나보다 나이 많기 쉽지 않은데."

툭툭 던지는 한마디, 한마디가 유민하의 불안감을 증폭시킨다.

이거 왜 한성묵 팀장이 신서진을 입조심시키라고 한 건지 알 것 같은 느낌인데.

유민하는 인상을 찌푸리며 알 수 없는 신서진의 논리를 처단했다.

"네 나이가 열여덟인데! 무슨 너보다 나이 많기가 쉽지 않아!"

"그것은… 육체보다는 정신연령을 말하는 거지."

"그 발언이 더 위험해!"

그냥 입조심은 한성묵 팀장에게 맡길걸.

유민하는 왜 자신이 맡겠다고 한 것인지 뒤늦은 후회가 몰려오기 시작했다.

이러다가 진짜 팬한테 정신연령이 저보다 어리시네요, 하고 돌아오는 거 아니야?

"자자, 다시 들어봐. 지금부터 하는 말 꼭 집중해서 들어야 해."

"응."

"일단 모르겠으면 외워!"

그래도 마냥 손을 놓고 있을 수는 없어서, 여러 당부 사항을 쏟아 내었다.

그나마 다행인 것은 이런 말 할 때는 또 나름 귀를 기울여 듣기는 한다는 점이었다.

"방금처럼 이상한 얘기는 절대로 하지 말고."

"으응."

"팬이랑 싸우지도 말고."

"쟤가 팬이랑 싸운 적은 없지."

옆에서 지켜보던 최성훈이 말을 얹었지만, 유민하의 잔소리는 끊이지 않았다.

"어쨌든 사고 치면 안 돼. 첫 팬싸인 거, 알지?"

물론, 듣고 있으니 억울한 점이 아예 없는 것도 아니다.

신서진은 턱을 쓸어내리며 중얼거렸다.

"스읍. 나에 대한 신뢰가 부족한 모양인데……."

오해가 있다.

"나는 솔직하고 정직하게 팬들에게 항상 진심인 편이야."

그런데.

"그래, 바로 그게 문제야!"

"……?"

"거기서 솔직을 빼."

"아, 솔직 대신 위선으로……."

접수했다.

신서진이 이해했다는 듯 고개를 주억거리는데, 그 뒤에서 기분 나쁜 중얼거림이 들려온다.

"야, 쟤 큰일 났는데……."

"아무래도 그런 것 같지?"

최성훈과 이유승이었다.

*　　　　*　　　　*

팬 싸인회 세부 일정이 나왔다.

고선재 매니저는 회의실 책상을 손으로 짚고 있다가 짝, 손뼉을 쳤다.

애들의 주의를 집중시키기 위함이었다.

다들 살짝 들떠 있는 표정.

데뷔 후 모든 게 신기한 듯한 그 눈빛은 데뷔 3주 차에도 사라지지 않았다.

그것이 초심이다.

저 때가 참 좋을 때지.

그래 봤자 로드 매니저 2년 차, 아직 연예계의 햇병아리인 고선재 매니저는 그 광경을 흐뭇하게 지켜보고 있었다. 물론 지금 그렇게 넋을 놓고 있을 때는 아니었다.

이내 정신을 차린 고선재 매니저는 자리에서 일어나 말을 뱉었다.

"미리 말했지만 너네 팬 싸인회는 2시간 정도 진행 예정이야. 뭐, 여기서 어느 정도로 유동적이게 시간은 바뀌겠지만 이쯤으로 생각하면 될 거다. 알겠지?"

"네!"

한시은은 두 눈을 반짝이며 격하게 고개를 끄덕였다.

서울예고의 모범생. 그 습관이 아직도 남아 있는지 맨 앞자리에서 열심히 필기를 하는 중이다. 그것은 꼼꼼하기로 둘째가라면 서러울 유민하도 마찬가지였다.

저 둘을 보면 괜시리 든든해진다.

묘하게 나사가 빠져 있는 몇몇 멤버들을 믿고 맡길 수 있는 유니티지의 얼굴들이랄까.

고선재 매니저는 만족스럽게 웃으며 말을 이었다.

"먼저 싸인 시간부터 가질 거니까 거기 오신 팬분들 한 명씩 싸인 해 드리면 되고, 시간 지나면 신호 줄 테니까 다음 턴으로 넘기면 된다."

"네에!"

"그리고 남는 시간에 무대 하는 거 전해 들었잖아. 시은아, 기억나지?"

"네, 저희 타이틀 무대 짧게 하고 바로 포토 타임으로 넘어가는 거죠?"

"어, 맞아."

짬짬이 남는 시간에 연습해 두었다.

그래 봤자 수백 번 넘게 맞춰 본 곡이긴 했지만, 팬 싸인회 현장에서 실수가 있으면 안 되니까.

그다음……. 그래, 그다음엔.

잠시 생각에 잠겨 있던 고선재 매니저가 고개를 돌렸다.

"서진아, 민하가 팬싸 조언해 줬다면서?"

"아, 네. 도움이 많이 됐죠."

"어, 뭐라고 했는데?"

"솔직보다 위선이라고… 읍읍."

다급히 입을 막은 유민하 때문에 뒷말은 못 들었지만…….

자기들끼리 열심히 조언을 주고받는 모습은 보기 좋다.

그러니 믿을 수밖에 없는 것이다.

아무렴 잘하겠지, 우리 애들인데.

"어우, 잘 배웠네."

"……?"

돌아오는 반응이 왠지 모르게 떨떠름하긴 하지만 말이다.

고선재 매니저는 유니티지 멤버들을 돌아보며 입을 뗐다.

"자, 그러면 파이팅 한 번 외치고 갈까?"

그 한마디에, 모두들 고개를 주억거렸고.

먼저 손을 얹은 것은 한시은이었다.

"유니티지 파이팅!"

"첫 팬싸 파이팅!"

회의실이 떠나갈 듯 우렁찬 외침이었다.


\*          \*          \*


유니티지 첫 팬 싸인회가 열리는 건물 바로 앞.

가방을 짧게 둘러메고 심호흡을 하는 여자가 있었다.

무려 이른 아침에 부산에서 서울까지.

꽤 먼 거리를 기차 타고 달려온 스무 살의 대학생 서유정이
었다.

유니티지 데뷔 앨범의 수록곡, 'SHOW'를 듣고 처음 입덕
했는데 정신 차려 보니 팬 싸인회까지 응모하고 있었다.

유니티지에게도 첫 팬 싸인회겠지만 자신에게도 인생 첫 팬

싸인회이다.

신인이라 팬싸 컷이 엄청 빡셀 거라 생각하진 않았지만 아까운 차이로 떨어지면 평생 후회할까 봐 넉넉하게 앨범을 사서 기다렸고, 운 좋게도 응모에 성공했다.

그래서일까.

꼭두새벽부터 일어나 달려온 것치고 피곤하지도 않다.

덕질은 빠를수록 좋다고, 무려 데뷔 팬이다.

'훗날에 첫 팬싸 현장부터 있었던 고인물이라고 자랑하고 다녀야지.'

그때쯤은 유니티지 애들도 슈퍼스타가 되어 있지 않겠나.

서유정은 기분 좋은 상상과 함께 콧노래를 흥얼거리며 건물에 들어섰다.

그 뒤로는 뭘 썼다가, 받았다가. 기다림, 또 기다림의 시간이었다.

사람들 틈에 치여서 번호표 받고, 응모권 받고…….

결국 팬싸 대기 십여 분이 지난 뒤, 서유정은 짧은 탄성을 내뱉고 말았다.

"우와, 정신 하나도 없어."

그런 자신과는 다르게 일찌감치 자리를 잡은 팬들이 있었다.

다들 팬 싸인회가 하루 이틀이 아닌 건지 발만 동동 굴리고 있는 자신과는 다르게 능숙한 모습이다.

'다들 경력직인가?'

사방이 팬들로 둘러싸여서는 저마다 가지고 온 짐 보따리를 하나씩 꺼내 놓는데.

카메라에, 애들 머리 위에 씌울 소품들, 선물까지.

아주 알뜰히도 챙겨 온 모양이었다.

갑자기 초라한 자신의 가방 안이 부끄러워지는 기분이랄까.

"음음, 그럴 수 있지."

서유정은 큼큼 헛기침을 하며 지정받은 자리에 앉아 있었다.

운이 좋아서, 이 정도면 애들이 잘 보일 앞자리였다.

서유정은 들뜬 목소리로 중얼거렸다.

"사진은 잘 찍히겠지?"

그랬다가, 혼자 고개를 저었다.

그래 봤자 핸드폰 카메라.

다른 사람들이 올려 줄 고화질 비하인드 컷을 기대해 보도록 하자.

그래도 인생 첫 팬 싸인회.

저런 전문가(?)들처럼 만반의 준비를 해 오는 데에는 실패했지만, 자신 역시 빼놓지 않은 중요한 것이 있었다.

바로 포스트잇!

싸인 받으면서 궁금했던 이것저것을 까먹지 않고 물어보기 위해 준비한 가장 효율 좋은 방법이었다.

서유정은 가방에서 꺼낸 마커로 노란 포스트잇에 글씨를 쓰기 시작했다.

조금 급하게 준비했나 생각했는데, 주변을 둘러보니 다들 뭔가 끄적이는 건 똑같더라.

팬 싸인회 직전에는 머리가 빠르게 돌아가는 모양.

의외로 질문하고 싶은 게 많았다.

서유정은 배시시 웃으며 마커로 질문을 써 내려갔다.


1. 짬뽕VS짜장면

2. 물복VS딱복

3. 가장 친한 연예인


"으으음. 또 뭐 물어보지?"

이를테면 되게 소소한 것들이었다.


\*　　　　　\*　　　　　\*


후르르릅.

물 한 모금을 크게 삼킨 신서진은 두 눈을 동그랗게 떴다.

"……!"

팬 싸인회에 와서 자리에 착석한 지 겨우 5분.

100명 남짓한 사람들이라길래 적당한 인원이라고 생각했는
데…….

무대랑 조금 체감이 달랐다.

'다 나만 보는데?'

뭐야?

물 한 모금 마셔도 200개의 눈동자들이 반짝거린다.

그뿐인가. 애정 가득한 목소리가 사방에서 터져 나왔다.

"서진아! 이쪽 좀 봐 줘!"

"신서진!"

워낙에 관심을 좋아하는 터라 부담스럽지는 않은데 살짝 놀랐다.

이런 초밀착 관심은 처음이라고 해야 하나…….

'너무 기분 좋은 척은 하지 말자.'

팬 싸인회는 솔직보다 위선이랬다.

신서진은 살짝 웃어 보이면서 팬들을 향해 손을 흔들었다.

"꺄아아아!"

아, 실수.

표정 관리는 어느 정도 성공했는데, 몸은 거짓말을 하지 못했다.

잔뜩 신난 개 꼬리처럼 방정맞게 손을 흔들어 대고 말았다.

신서진은 짧게 헛기침을 하면서 팬들을 바라보았고, 앞자리에 앉은 팬들은 그 모습을 보며 다른 생각을 했다.

'부끄러워하나 본데?'

'미친. 낯가리는 거야?'

그게 아니라고 변명하고 싶기는 했는데…….

사회자의 목소리가 먼저였다.

신서진은 머쓱한 미소를 지으며 물병을 내려놓았다.

"지금부터 팬 싸인회 시작할 거니까, 순서대로 나와 주시면 되세요. 사전에 질문 쓰신 거 검사 다 받으셨으면 한 분씩 들어갈게요."

"네!"

본격적인 팬 싸인회를 알리는 한마디.

"와아아아아!"

오래 기다린 팬들의 함성 소리와 함께, 유니티지 멤버들의
표정도 환해졌다.

무슨 대화를 나누어 볼까.

끼이이익.

신서진은 의자를 앞으로 당겨 앉았다.

Chapter. 4

　솔직, 아니, 위선과 정직만 지키면 되는 팬 싸인회.

　유민하의 걱정과는 달리 신서진은 제법 팬 싸인회를 잘 해
내 가고 있었다.

　신인다운 초롱초롱한 눈빛에, 조금은 어설프지만 진심인 태
도까지.

　신서진은 제 관심 후원자들에게 최선을 다해 싸인을 해 주
었다.

　물론, 그중에 난관이 없는 건 아니었으니…….

　이게 젤 어렵다.

　"이름 뭐예요?"

　"서유정이요!"

　"서유정……. 몇 살이에요?"

"스무 살이에요!"

18 더하기 2는 스물.

그러니까, 이론상으로…….

"으웅, 누나."

신서진은 고개를 끄덕이며 눈앞의 노란 포스트잇을 내려다보았다.

그래, 이게 가장 어렵다고.

팬들이 아기자기한 글씨로 예쁘게 써 온 각종 질문들.

VS로 시작하는 문항들에, 신서진은 깊은 고민에 잠겼다.

단언컨대, 선택 장애 때문이 아니다.

1. 짬뽕VS짜장면

2. 물복VS딱복

선택지 자체를 이해하지 못하겠다.

물복이 뭐고, 딱복이 뭐다냐.

궁금한 것투성이었지만 그래도 눈치는 있었다.

아무리 궁금하다 해도, 시간이 한정되어 있는 팬 싸인회에서 이걸 물어보고 있으면 결국 질문만 하다가 시간이 다 끝나 버리는 불상사가 발생할 수 있다.

질문은 저쪽이 해야지, 자신이 하면 안 되지 않을까.

그래서 신서진은 눈치껏 답변을 체크하고 있었다.

이를테면 이런 식이었다.

'짬뽕과 짜장면이면……. 둘 다 안 먹어 봤지만, 짜장면이 더 맛있을 것 같은데.'

'물복이라……. 이거야말로 정말 무슨 뜻인지 감이 안 잡히

는데⋯⋯.'

"음, 여름철엔 물가가 시원하지."

비슷한 질문을 묻는 팬들도 있던데 답변이 사람마다 다르면 안 되는 노릇이므로, 아예 답변을 통째로 외우기로 했다.

참고로 정체를 알 수 없는 물복 딱복 질문은 열 번째 받았다.

다들 물복에 왜 그리도 집착하는지 모를 일이다.

신서진은 웃으며 3번 문항으로 넘어갔다.

서유정이라는 여자는 발그레한 두 볼로 쭈뼛거리다가, 용기를 내어 물었다.

"아직 데뷔한 지 얼마 안 됐지만 친한 연예인 누구 있는지 궁금해요!"

아아.

비교적 쉬운 질문.

그 물음에, 신서진은 해맑게 대답했다.

"없어요!"

"아, 없어요? 왜요?"

무섭게 생긴 사람들이 많아서 말 걸려다가 도망갔다⋯ 라고 말하려던 신서진의 머릿속에 유민하의 한마디가 떠올랐다.

아, 맞다. 위선!

"다들 너무 잘해 주셔서 오히려 제가 낯가리고 있어요."

"우와, 다행이에요."

저 만족스러워 보이는 대답.

역시 유민하의 조언은 값진 것이었다.

역시 팬 싸인회는 위선이지.

슥슥.

신서진은 오른손으로 싸인을 하면서 마지막 질문을 눈으로 스캔했다.

할수록 능숙해지는 것이, 아무래도 자신은 팬싸 체질인 듯 싶었다.

하지만, 마지막 질문은 그중에서도 꽤 난관이라 할 만한 것 이었다.

무려…….

닮은 꼴.

4. 본인은 무슨 동물이라고 생각하나요?

1. 토끼 2. 햄스터 3. 강아지

지금까지 본 질문 중 가장 고민되는 질문이다.

으으음.

신서진은 진지한 표정으로 턱을 쓸어내렸다. 질문의 대답을 고민하고 있는 와중이었다.

서유정이 두 눈을 반짝이며 말을 더해 왔다.

"팬들마다 다 의견이 다르던데, 어떻게 생각해요?"

이건 아무래도…….

대답할 수 없을 듯하다.

슥슥.

신서진은 질문에 답변하는 대신, 새로운 보기를 하나 만들 었다.

"여기요."

거기에는 딱 한 글자가 쓰여 있었다.

신.


*        *        *


"후하후하……."

서유정은 거친 숨을 몰아쉬며 가슴을 쓸어내렸다.

인생 첫 팬 싸인회. 팬들 말로는 팬 싸인회에 갔다가 실망해서 탈덕 하는 경우가 그렇게 많다던데, 그녀의 첫 팬싸 경험은 황홀했다.

"으아……. 다 눈 마주쳐 줬어!"

대답도 하나씩 진지하게 고민해 주고, 이름도 불러 주었다.

그뿐인가. 다른 팬들에게 싸인하는 모습을 보는 것도 꽤나 흥미로웠다.

팬들이 한 턴씩 지나갈 때마다 애들 몸에 주렁주렁 달린 소품들도 늘어 가는데……. 신서진은 다섯 개의 선글라스를 머리 위에 탑으로 세웠더라.

그러고도 안 떨어뜨리는 게 신기해서, 기인 열전을 보는 기분이었다.

'아, 진짜 재밌었어.'

팬 싸인회는 거의 끝나 가는 상황.

오늘 밤 잠을 설칠까 봐 걱정이 될 정도로 행복한 경험이었다.

솔직히 더 잘하고 싶었는데 첫 팬 싸인회라 그런지, 제대로 말도 못 하고 어버버한 게 조금 아쉬웠다.

잠시 시무룩해 있던 서유정은 고개를 홱 들었다.

"그래도 괜찮아. 이번이 마지막도 아니고."

지금 사정이 썩 좋지는 않지만, 그래도 여유가 생긴다면 다음 팬 싸인회도 도전해 보지 않을까. 원래 이런 건 신인일 때 많이 가 둬야 한다고, 뜨고 나면 더 가기 어려울 거라고. 서유정은 그리 자기합리화를 하며 밝게 웃었다.

"아, 맞다."

팬 싸인회의 짧은 쉬는 시간.

잠시 화장실에 나섰던 서유정은 돌아오는 길에 휴대전화를 켰다.

이 떨리는 감정을 고스란히 후기에 담아 두어야 했다.

버스 타고 돌아가는 길에 써도 늦지 않을 것을, 이미 손가락은 빠르게 타자를 치고 있다.

자주 접속하는 커뮤니티에 들어가, 서유정은 들뜬 마음으로 글을 올렸다.


[유니티지 팬 싸인회 프리뷰]

인생 첫 팬싸라서 기대 만땅 하고 갔는데 결론부터 말하자면 대만족한 팬싸ㅠㅠ

음방도 한 번밖에 못 따라가 봤지만 그 먼 거리에서 보는 거랑 코앞에서 보는 거랑 체감이 아예 다름

초롱초롱 눈 빛내면서 대답해 주는데 진짜루 심장이 멎을 뻔했음

최애 서진인데 이번 팬싸 끝나고

　질문 하나하나 세상 심각하게 고민해 주고 열심히 답해 줘서 고
마웠음

　팬싸 시간 끝났는데 말하고 있는 중에 왜 끝났냐고 붙잡아 주
는 천재만재 아이돌

　서진아 팬 사랑 네가 제일이다

　사진은 서진이가 대답해 준 포스트잇이랑 현장 직찍 사진!

　[사진1.jpg]

　[사진2.jpg]


　그리고, 몇 분 뒤.

　유니티지 팬 싸인회 후기만을 목 빠져라 기다리고 있던 팬들
의 댓글이 빠른 속도로 달리기 시작했다.

　핸드폰 카메라로 조악하게 찍은 사진들이지만, 팬들의 반응
을 이끌어 내기엔 충분한 내용이었다.


　ㅡ와 와 와 진짜 개부럽다 ㅠㅠ

　ㄴ나도 팬싸 보내 줘라 ㅠㅠㅠㅠㅠ

　ㄴ앨범 몇 개를 샀는데 이걸 실패하네

　ㄴ팬싸 상황 어때? 분위기 좋아?

　ㄴ팬들 매너 있고 분위기 좋음

　ㄴ다행이다 ㅠㅠ

　ㅡ아니 근데 서진아 머리에 탑 쌓은 거 뭐야ㅋㅋㅋㅋ

　ㄴ팬들이 준 소품에 쌓여서 애가 안 보이는데?

└걸어 달라고 다 걸어 주는 우리 애ㅋㅋㅋㅋㅋ 아 귀여운데 너무 웃겨

─저 정도면 인간 거치대 아님?

└ㅋㅋㅋㅋㅋㅋㅋㅋㅋㅋㅋㅋ

└선글라스 5개에 저 요상한 날개는 뭐야ㅋㅋ

└지금 현장인데 저 날개를 젤 만족스러워함

└???

└이유가 대체 뭐래?

└과거의 영광을 되찾은 기분이래 나도 무슨 말인지 모르겠으니까 묻지 마

└과거의 영광 ㅋㅋㅋㅋㅋ 미친 ㅋㅋ 진짜 캐릭터 한번 독특하다ㅋㅋㅋㅋ

└돌판 역사상 전례가 없을 인물상

─나만 포스트잇 저 답변 웃기냐고 닮은 동물 물어보는데 신이 왜 튀어나와?

└아 미친 지금 봄

└뭐여ㅋㅋㅋㅋㅋㅋ 갑분신

└갓서진 별명에 굉장히 만족하는듯

└아　ㅋㅋㅋㅋㅋ

└그래도 서진이는 토끼야

└ㅇㅇ말랑 토끼

└데뷔 전부터 본 팬들은 유구하게 토끼로 밀고 있지

└하지만 토끼 같은 간지 바닥 초식동물보다 신을 택한 갓서진……

└ㅠㅠ 안 돼 넌 토끼야

*        *        *

같은 시각, 고선재 매니저는 정신없이 팬들을 살피고 있었다.

팬들만 모인 팬 싸인회장에서 돌발 사고가 일어나는 것은 드물지만 아예 없는 일은 아니다.

혹시 모를 상황에 대비해 경계를 늦추지 않는다.

팬들이 멤버들에게 질문하러 건네는 포스트잇을 미리 검수하는 것은 그 기본이다.

'별의별 얘기를 다 들어서 너무 걱정했나.'

연예계에 떠도는 괴담 같은 이야기들로 학습해서일까.

팬 싸인회는 그저 평화로울 뿐이었다.

아마 끝날 때까지 별일 없이 넘어갈 것…….

그때, 날카로운 고선재 매니저의 레이더망에 한 남자가 걸렸다. 특별히 수상한 사람은 아니었지만 조용히 뒷문으로 빠져나가는 중이었다.

거의 맨뒷자리, 자신이 알기로는 아직 순번이 끝나지 않은 걸로 아는데.

포토 타임과 무대가 시작도 하기 전에 심각한 얼굴로 자리를 비우려 한다.

음, 왜 벌써 나가지?

확실히 특이한 움직임이라서, 고선재 매니저는 그를 붙들었다.

"순서 몇 번이세요?"

고선재 매니저의 목소리에 화들짝 놀란 남자가 고개를 들었다. 거기에 잔뜩 움츠린 어깨까지, 아무리 봐도 몰래 나가려던 기색이었다.

화장실이 급해서 나가려던 건가.

팬 싸인회가 한창 진행 중인 와중에 다른 팬들에게 민폐를 끼치기 싫은 마음은 이해하지만, 제 발 저린 도둑처럼 깜짝 놀라는 모습은 조금 수상했다.

고선재 매니저는 그 자리에 굳어 버린 남자에게 다가갔다.

"89번이요……."

"자리 비우세요?"

조심스럽게 주고받은 대화였지만, 어쩔 수 없이 뒷자리 팬들의 시선이 쏠렸다.

결국 조용히 팬 싸인회장을 나가려던 남자는 기어 들어갈 듯한 목소리로 대답했다.

"네……."

"싸인 안 받고 그냥 가시려고요?"

89번이면 순번상으로 곧일 텐데.

고선재 매니저는 조심스레 눈치를 살피며 물었다.

남자는 침을 삼키며 그의 말에 대답했다.

"아, 네. 집에 갑자기 일이 생겨서요."

"아."

"지금 급하게… 가 봐야 할 것 같습니다."

손을 휘휘 저으며 덧붙이는 것이, 정말 급해 보이긴 했다.

입장할 때 전부 확인했으니, 상대는 팬싸에 응모해서 정식으로 들어온 팬이다.

외부인도 아닌데 일이 생겨서 가겠다는 걸 너무 붙잡고 있는 것도 모양이 좋지는 않다.

'좀 찜찜하긴 하지만…….'

고선재 매니저는 남자를 놓아 주기로 했다.

"네, 나가시는 쪽은 뒷문입니다."

"네… 네……."

팬 싸인회장 내부는 사진을 찍는 팬들과 이따금 멤버들 이름을 외치는 팬들로 인해 시끄럽진 않았지만 결코 조용한 분위기도 아니었다.

그렇기에 둘이 나누는 대화도 충분히 묻힐 만한 사운드였으나…….

그래 봤자 좁은 공간.

뒷자리에서 그리 어색하게 서 있으니 눈길이 갈 수밖에 없다.

팬들을 편하게 둘러보고 있던 신서진의 시선이, 마침내 그쪽에 닿았다.

"……!"

고선재 매니저는 모르겠지만, 익숙한 얼굴이었다.


\*　　　　　　\*　　　　　　\*


"저쪽은 무슨 일이야? 어?"

남자의 정체를 눈치챈 것은 최성훈도 마찬가지였다.

신서진의 옆자리. 팬 한 명의 싸인을 끝내고 대기 중이던 최성훈은 두 눈을 크게 떴다.

그러고는 목소리를 낮춰 신서진에게 물었다.

"저거, 남이준 선배 아니야?"

"……."

"완전 닮았는데?"

그냥 닮은 수준이 아니라… 남이준이 맞다.

그의 얼굴을 확인한 신서진의 눈썹이 들썩였다.

다른 얼굴도 아니고, 남이준을 이 자리에서 볼 거라곤 생각조차 못 했다.

'대체 저 인간이 왜 팬 싸인회에?'

매니저가 쫓아내지 않는 걸로 봐서는 정식으로 들어온 건 맞는 것 같은데. 그가 서울예고에서 자퇴한 후 종적을 감춘 지 벌써 꽤 되었다.

어딘가에 처박혀서 살아가려니 하고 긴장을 늦추고 있었거늘.

왜 하필 이 타이밍에?

무슨 이유로 남이준이 고개를 내민 것인가.

신서진이 그리 고민하는 동안…….

"선배도 우리 팬 됐나 봐!"

최성훈은 그냥 해맑았다.

*     *     *

팬 싸인회가 끝났다고 해서 바쁜 스케줄이 전부 마무리되는 것은 아니었다.

고선재 매니저는 여전히 일이 많았고, 스케줄에 치여 상당히 피곤한 상태였다.

"으… 으으……."

그렇게 기지개를 켜며 내일의 스케줄을 정리하고 있을 때였다.

예상 못 한 얼굴이 자신을 불쑥 찾아왔다.

팬 싸인회 이후, 이유는 모르겠지만 잔뜩 굳어 있던 표정.

그렇잖아도 신경이 쓰였던 녀석, 신서진이었다.

잠시 시간을 내어 줄 수 있냐고 예고도 없이 찾아왔는데, 그 다음으로 뱉은 말은 더 예상 밖이었다.

"고민이 있어서요."

"어?"

고선재 매니저는 굳은 얼굴로 자세를 고쳐앉았다.

자신이 아는 한, 신서진은 고민 상담 같은 건 일절 안 받을 스타일이었다.

정 없는 성격은 아니지만 남에게 기대는 성격은 더더욱 아니다. 그런 애가 심각한 얼굴로 저런 말까지 꺼내는 데에는 분명 이유가 있을 것이다.

'고민 상담?'

유니티지를 담당하고 있는 고선재 매니저의 입장에서, 신서진은 참 알 수 없는 녀석이었다.

워낙에 특이해서 그런 것도 있지만 철이 없어 보임에도 이따 금씩 굉장히 어른스러운 구석이 있었다.

비슷한 이유로 유니티지 멤버들도 녀석을 의지하는 것 같던데, 그럼에도 고선재 매니저의 생각은 바뀌지 않았다.

그래도 애는 애다.

연예계에 벌써 데뷔하긴 했어도 아직 미성년자의 신분.

자신이 해결해 줄 수 있는 문제라면 도움을 주고 싶었다.

고선재 매니저는 고개를 끄덕이며 말했다.

"편하게 말해 봐. 요즘 힘든 일이라도 있어?"

"그건 아닙니다. 다만, 여쭤보고 싶은 것이 있어서……."

어두운 낯빛의 신서진. 녀석답지 않게 우물거리는 태도에 고선재 매니저는 적잖이 당황했다.

하지만, 기다림은 익숙하다. 신서진이 먼저 편하게 말을 꺼낼 때까지, 고선재 매니저는 재촉하지 않았다.

그렇게 몇 분 후.

어느 정도 진정된 듯한 신서진이 조심스레 입을 떼었다.

"저번 팬 싸인회 때 중간에 나간 사람 있잖아요."

"으음. 아, 그 사람?"

직접 불러 세우고 대화까지 나눴으니 당연히 기억했다. 급한 일이 생겼다고 해서 결국 붙잡지 못하고 보내 줬던 것 같은데……. 그 뒤로도 특별한 일은 없었기에 잠시 까먹고 있었다.

"기억나지."

"저희 학교 선배예요. 바로 위 학년."

"학교 선배였다고? 전혀 몰랐는걸."

고선재 매니저의 두 눈이 크게 뜨였다.

다른 멤버들이 언질을 주지 않아 모르고 있던 소식이었다.

하지만, 신서진의 말은 거기서 끝나지 않았다.

"그리고, 이건 조금 다른 얘기지만. 저를 괴롭힌 선배가 있거든요."

"…같은 사람이야?"

"아뇨. 강현이라고, 다른 사람이에요."

신서진은 심각한 얼굴로 그때의 상황을 설명했다. 서울예고에 복귀한 지 얼마 안 되었을 시점, 자신을 죽어라 싫어했던 강현이 저지른 만행들에 대해서였다.

사물함에 물을 부어 놓고, 교과서랑 체육복을 적셔 놓지 않나.

다짜고짜 2학년 교실에 찾아와 저를 부르지 않나.

얘기를 들으면 들을수록 고선재 매니저의 표정이 차갑게 식었다.

"뭐? 그거 완전 쓰레기네."

실제로도 그 속 좁은 인간은 쓰레기가 맞았으므로, 신서진은 대답 대신 고개를 주억거렸다.

"그래서 넌 어떻게 했는데?"

순간, 신서진의 눈꺼풀이 파르르 떨렸다.

"아."

차마 참새들을 모아서 뺨을 때렸다는 얘기는 못 하겠고…….

'뭐라고 대답하지?'

기어 들어갈 듯한 목소리로 대꾸했다.

"그냥… 당하고 있었죠."

고선재 매니저는 크게 숨을 들이마셨다. 언뜻 슬픔이 비치는 저 눈빛.

신서진의 말을 있는 그대로 믿어 버린 고선재 매니저는 아랫입술을 세게 깨물었다.

그렇게 생각하면 사태가 심각해지는 것이다.

"그러니까 남이준이라는 그 사람이, 강현의 친구다?"

"네."

"혹시 악감정을 품고 팬 싸인회에 온 건지 걱정된다는 거지?"

일부러 조명 얘기는 빼놓고 설명했다. 이제 와 증거를 찾을 수도 없고 무조건 일을 키우게 될 문제이니까.

신서진은 남이준이 그 자리에 왜 온 건지, 그 이유만 알아도 충분했다.

그런 면에서 고선재 매니저에게 이 얘기를 꺼낸 것은 다행이었다.

'이 개자식들을 진짜.'

차마 애를 앞에 두고 욕을 할 수는 없어서 참고 있는 기색. 고선재 매니저는 심호흡을 하면서 거친 숨을 골랐다.

유니티지 멤버들을 애정하는 고선재 매니저의 두 눈이 돌아가지 않는 게 더 이상할 사안이었다.

"요즘 시대가 시대라 뒷조사를 할 수 있는 건 아니겠지만, 그래도 내가 위에 얘기는 해 볼게. 이번 말고도 다음 스케줄에 나타날 수도 있는 거고, 안 좋은 생각으로 너네 앞에 나타난 걸 수도 있잖아."

"그렇죠."

"그래, 한번 알아 볼게."

고선재 매니저는 신서진을 안심시키며 녀석을 등을 토닥였다.

*       *       *

이미지가 생명인 직업이다.

그저 마음에 들지 않았다는 이유만으로 이유승을 커뮤니티에서 저격했던 선례가 있었기에, SW 엔터는 더더욱 조심스러워졌다.

다행히도 남이준은 별문제 없이 컨택할 수 있었다.

하지만, 그렇다고 해서 바로 실마리가 나온 것은 아니었다.

"심증은 있는데 물증이 없어……."

고선재 매니저는 관자놀이를 꾹꾹 누르며 혼자 중얼거렸다. 그렇잖아도 방금 남이준과의 대화 내용을 한성묵 팀장에게서 전달받고 나오는 길이었다.

일단 팬싸인회에 간 것 자체는 정식 신청 후 절차를 밟아 출입했고, 그건 현장에서 남이준을 직접 체크했던 고선재 매니저로서도 부정할 수 없는 사실이었다.

그런데.

'저는 정말 팬이어서 들어간 거예요.'

그렇게 말하더라.

"그걸 믿으라고?"

차라리 마음에 안 들었던 후배가 어떻게 성공했나, 배는 아프지만 한번 보러 가 볼까.

―이런 느낌의 대답이었다면 더 신빙성이 갔을 터였다.

뿐만 아니라 남이준은 이런 대화를 나누는 것 자체를 상당히 불편해했다. 그 때문에 SW 엔터도 더 자세한 얘기를 묻지는 못했는데, 그 과정에서 본인이 의외로 실토한 게 하나 있었다.

지나가는 실언으로 뱉은 말을, 전화 통화를 하던 직원이 흘려듣지 않았다.

그래, 그 엄청난 사실.

고선재 매니저는 그 얘기를 떠올리며 미간을 찌푸렸다.

"형이 이정식품 대표라고……."

하필 이정식품.

너무도 익숙한 회사명이 아닌가.

지금에야 광고 몇 개가 추가로 더 들어오기는 했지만, 데뷔 전부터 제안이 왔다는 그 광고.

유니티지의 첫 광고는 이정식품이었다.

덕분에 낙수효과를 달달하게 보았으니 SW 엔터 입장에서는 감사할 일이지만…….

이정식품의 그다음 대처는 실망적이었다.

"광고 촬영 와중에도 대충대충 찍더니만, 광고가 잘되니까 아예 내려 버려? 솔직히 정상적인 대처 방식은 아니었지."

프로티가 그렇게 흥행했으면 그쪽에서 먼저 계약 연장을 요청해 와도 모자랄 판이었다.

그런데, 도리어 광고를 내려?

그건 절대 사업가다운 행동이 아니었다.

그러니까, 마치 사적인 감정이 들어간 듯한…….

고선재 매니저는 강한 직감을 느꼈다.

"뭔가… 뭔가… 있는데?"

                    *             *             *

오늘은 유니티지의 데뷔 후 첫 등교 날이었다.

개학 이후 이미 일주일이 지난 시점, 음방에 팬싸까지 정신없이 바쁘다 보니 예상보다 등교가 늦어졌다.

방송 활동으로 채울 수 있는 수업 일수가 있지만, 100프로 채워지는 건 아니라 모처럼 만에 학교에 직접 가게 되었다.

맏형인 차형원부터 그 아래 학년인 다른 멤버들까지.

멤버 전원이 학교를 가야 하는 아침. 유니비 숙소는 이른 시간부터 시끄러웠다.

우당탕탕.

최성훈은 옷장을 뒤적거리며 다급히 외쳤다.

"어, 나 교복 잃어버렸는데?"

어쩐지 스케줄 끝나면 옷을 여기저기 처박아 두더니만.

신서진은 그럴 줄 알았다는 듯 인상을 찌푸렸다.

홱. 홱.

옷가지를 여기저기 던지면서 열심히 찾아 보지만 교복이 나오지 않는다.

최성훈은 벽에 붙어 있는 시계를 돌아보았다.

"어어, 망했다."

매니저님 픽업 시간에 맞춰서 내려가려면 지금쯤 옷을 거의 다 챙겨 입었어야 했다.

그나마 어젯밤에 책가방을 미리 챙겨 두어서 다행이었다.

"시간도 없는데 미치겠네. 대체 어디 간 거야."

최성훈은 한숨을 푹푹 내쉬며 옷장 구석에서 먼지 묻은 교복 마이를 꺼내었다. 세탁이 된 지 오래된 것 같은 꼬질꼬질한 비주얼도 문제지만, 더욱 큰 문제는 지금의 날씨였다.

최성훈은 거울 앞에서 넥타이를 매고 있는 신서진에게 물었다.

"하복 없는데 동복이라도 입을까?"

"쪄 죽고 싶으면 입어라."

나약한 인간들.

신서진은 최성훈이 동복으론 여름의 뜨거운 열기를 견뎌 낼 수 없을 거라 확신했다. 아무리 9월 초라지만 후덥지근한 날씨는 그대로였으니까.

그리고 그 생각은 본인 역시 마찬가지였는지, 최성훈은 머리를 싸매고서 투덜거렸다.

"아씨, 이거 입으면 가다가 열사병 걸릴 것 같은데."

"뭐야, 성훈이. 너 그 옷 입으려고?"

"아무래도 아닌 것 같죠, 형?"

그때 마침 문을 열고 나온 차형원이 떨떠름한 표정으로 고개를 저었다.

"그냥 다른 거 입고 가. 나도 넥타이 없어."

"어……! 형도 잃어버렸어요?"

"숙소 들어올 때. 기숙사에 버리고 왔나 봐."

어쩐지 셔츠만 입어서 목덜미가 휑 비어 있었다.

도대체가 옷을 제대로 챙겨 입은 인간들이 없다.

신서진이 속으로 열심히 혀를 차는 와중에.

차형원은 당당한 표정으로 어깨를 으쓱여 보였다.

"나는 졸업반이니 괜찮지 않을까?"

"그거 모범생인 강민이가 들으면 질색해요."

아니나 다를까.

"허어… 어어억! 야, 너 학교를 그러고 간다고?"

화장실 문을 열고 나온 허강민은 그 얘기를 듣고선 입을 틀어막았다.

아예 하복 상의 자체를 어디다 팔아먹은 인간에, 넥타이를 기숙사에 버리고 온 인간.

둘 다 꼬라지가 왜 저 모양이야?

그 둘이 나란히 서 있으니까 절로 탄식이 나오는 것이다.

허강민은 심각한 얼굴로 멤버들의 패션을 훑었다.

뭐랄까…….

되게 하나같이 다 교문 입구 컷 당할 것 같은 패션이었다.

"다들 옷이 너무 개판인데?"

"입구 컷 당하면 싹싹 빌어서 들어가려고."

"쟤는 많이 해 봤을걸?"

"크흠."

모범생인 허강민의 시점에서는 이해할 수 없는 부류의 인간들. 해맑게 웃어 대는 최성훈을 보면서, 허강민은 짧게 한숨을 내쉬었다.

그때였다.

옷을 갈아입으러 잠시 방에 들어갔던 신서진이 문을 열고 나왔다.

최성훈이나 차형원이 저러고 있으니.

별 기대도 없이 신서진의 복장을 훑어본 허강민은 놀란 눈이 되었다.

"너, 교복 안 잃어버렸어?"

"그걸 왜 잃어버려?"

"그… 당연한 말이긴 한데……."

머리부터 발끝까지, 의외로 멀끔하게 교복을 다 차려입은 모습이었다.

허강민의 눈에도 흠잡을 데 없이, 심지어 빳빳이 다려지기까지 한 교복을 보고 있으니…….

당연한 건데.

그 상대가 신서진이라서 놀라웠다.

신서진은 고개를 까닥이며 시간을 확인했다.

"뭐 해, 가자."

"어… 어!"

허강민은 뒤늦게 고개를 끄덕이며 대답했다.

"그래."

금의환향(錦衣還鄉).

학교를 찢으러 갈 시간이었다.

*　　　*　　　*

서을예고의 등굣길.

오랜만에 보는 듯한 서을예고의 대문이 유니티지를 반겼다.

신서진은 허리를 꼿꼿이 편 채 정문을 통과했다.

거기서부터였다.

"유니티지 맞지?"

"저 사람 신서진 아니야?"

"와……. 확실히 연예인이라고 때깔이 다르다, 야."

수군수군.

사방에서 떠들어 대는 말소리가 신서진의 귀에도 들렸다.

아닌 척 조용히 옆을 스쳐 지나가면서도 힐끗힐끗 바라보는 시선들. 눈치 빠른 신서진이 그것을 느끼지 못할 리 없다.

'대놓고 쳐다보네.'

저쪽은 아예 부담스러울 정도로 빤히 쳐다보고 있는 중이다.

연예인을 많이 배출해 낸 서을예고. 학교에 연예인들이 하루 이틀 등교하는 것이 아니기에, 그나마 다른 곳들보다는 부담스러운 시선이 적은 편에 속했다.

그럼에도 요근래 핫한 라이징 스타, 유니티지에게는 대놓고 관심을 보이는 학생들이 많았다.

아예 대놓고 다가와 묻질 않는가.

"프로티, 프로티 들고 다녀요?"

"와, 싸인 한 번만 해 주시면 안 될까요."

"미친. 잘생겼다."

특히 아직 1학년에 머물러 있는 후배들이 그러했다.

그 관심과 환대가 싫지 않아서, 신서진은 피식 웃었다.

빨리 교실로 들어가야 하는 시간이라 일일이 서서 싸인까지 해주진 못했지만…….

과분한 관심을 받을 때마다 드는 생각이 있다.

부담스럽냐고?

글쎄다.

신서진은 환하게 웃으며 혼자 중얼거렸다.

"너무 좋아."

아, 짜릿해. 늘 새로워.


*　　　　　*　　　　　*


유니티지 멤버가 무려 7명이나 속해 있는 2학년 A반.

복도 밖에서 받은 관심은 그저 맛보기에 불과했다.

"와아아아악!"

"야, 애들 왔다!"

교실 안에 들어가니 2차전이 펼쳐졌다.

연예인이 된 유니티지 멤버들에 대한 관심보다는, 연예계 썰에 대한 관심에 가까웠지만 말이다.

"야, 그래서 연예인들 누가 잘생겼어?"

"너, 강수혁 실물 봤어? 잘해 줘?"

"광고 찍으면 돈 얼마 받냐?"

"음방 들어가면 쉴 시간도 아예 안 주지?"

그렇잖아도 고선재 매니저가 입단속을 단단히 해 두었다.

신서진은 어색하게 웃음을 흘리며 답하기 곤란한 질문들은 피했다.

물론 그렇다고 해서 자신을 향한 관심이 쉬이 사그라들진 않았지만 말이다.

그때, 쏟아지는 질문들로부터 유니티지 멤버들을 구한 것은 주영준 선생이었다.

탁탁.

"어우, 왜 이리들 시끄러워."

개판이 된 반 분위기를 확인한 주영준 선생이 미간을 찌푸렸다.

그는 교탁을 손을 때리며 잔뜩 흥분한 학생들을 진정시켰다.

"니들이 데뷔한 연예인 보는 게 하루 이틀이냐, 촌스럽게 왜들 그래."

"아, 쌤! 요즘 핫하잖아요!"

"시끄럽다. 오늘 중요하게 전달할 사항 있으니까, 다들 앉아."

그런다고 쉽게 조용해질 교실이 아니다.

주영준 선생의 말이 들리지 않는 건지 지들끼리 뒤를 돌아 떠들고 있는 아이들.

그런 녀석들이 여럿 모이자 교실은 아예 시장 바닥이 되고 말았다.

"확실히 성공하니까 연예인 같다."

"원래 유명해지면 뭔 짓을 해도 유명인 같은 거야."

"야, 그래서 싸인은 언제 해 줄 건데."

"성훈아! 성훈아! 너 오늘따라 잘생겨 보인다?"

"…하루 이틀이냐?"

"미친놈."

탁탁.

교탁을 한 번 더 손으로 친 주영준 선생이 짧게 혀를 찼다.

이어지는 그의 말은 학생들을 주목하게 하기에 충분했다.

"안 좋은 소식이 있다."

"네?"

주영준 선생은 심각한 얼굴로 그리 말했고, 아까까지 시끄럽던 녀석들이 눈치를 보기 시작했다.

안 좋은 일?

저런 얼굴로 심각하게 말하니 교실 분위기가 싸늘해질 수밖에 없는 것이다.

"교장 선생님이 바뀌셨다."

원래는 이번 연도까지 하고 떠날 예정이셨던 교장 선생님이 예정보다 반 학기 앞당겨서, 빠르게 퇴직하셨다.

그런 이유로 서울예고는 2학기부터 교장 선생님이 바뀌었다.

얼마 전에 강당에서 환영 인사까지 했으니 학생들도 모르는 사실은 아니었다.

애들의 두 눈이 끔뻑거렸다.

'그게 어때서?'

마치 그렇게 말하는 듯하다.

당장 자신들을 가르치는 선생도 아니고, 까마득히 멀게만 느껴지는 교장 선생님이 바뀌었다고 해 봤자 큰 감흥이 없는 탓이다.

하지만, 진짜 문제는 그 뒤의 일이었다.

"그분이 가장 먼저 지시하신 일이, 기존 규정을 다 뜯어고치자는 거였다."

"규정이요?"

서울예고는 데뷔 클래스 학생을 기준으로 연예 활동이 수업 시간으로 부분 인정되는 규정이 있다. 덕분에 유니티지가 음방, 광고 촬영을 하면서 출석 일수를 인정받고 있던 것이기도 했다.

거기에 더해 몇 가지 실적을 채우면 성적이 안 되어도 졸업을 시켜 줬었다.

연예 활동을 하는 학생들이 많은 만큼, 나름의 편의를 봐주는 규정이었던 것이다.

한데.

이번 교장이 취임하자마자 가장 먼저 한 말이……

"공부를 못하는 놈들은 졸업도 하지 말라고 말씀하셨다."

그 한마디에, 공기가 무겁게 내려앉았다.

"……."

주영준 선생은 헛기침을 하며 말을 덧붙였다.

"아, 물론 정말 그렇게 말씀하신 건 아니다. 아니, 사적인 자리에서 그러셨지. 나는 술자리에서 들었는데……. 정말 그렇게 규정을 바꾸실 것 같더라."

"진짜 졸업을 안 시켜 줘요?"

한 사람이 식겁한 얼굴로 손을 들어 물었다.

그 말에, 주영준 선생은 망설임 없이 고개를 끄덕였다.

"사실상 확정이야."

이건 연예 활동을 하는 애들뿐만 아니라 하위권 학생들에게도 심각한 사안이었다.

가뜩이나 살아남기 힘든 서울예고에서, 이제는 졸업반까지 가슴을 졸이라니.

"아무튼 간에 너희들은 큰일 난 셈이다."

굳이 그런 말을 더하지 않아도 알 수 있었다.

주영준 선생은 초상집이 되어 버린 반 분위기를 보며 한숨을 푹 내쉬었다.

표정에 생각이 많아 보이는 걸 보니, 지지리도 공부 못하던 녀석들이 이제 와 위기감을 느끼는 모양이었다.

A반이 이럴 정도면 C반은 지금쯤 울상이겠지.

이 칙칙한 분위기에서 다른 전달 사항을 전해 봐야 귀에 들어오지도 않을 것이다.

오늘은 조례를 조금 빨리 끝내기로 했다.

"자, 이해했으면 학업에 정진해라, 이상."

주영준 선생은 그렇게 조례를 마쳤다.


*          *          *


주영준 선생이 교실에서 나가자마자, 볼멘소리가 사방에서 터져 나왔다.

잔뜩 흥분한 목소리였다.

"저게 무슨 소리야? 성적이 안 되면 졸업도 안 시켜 줘?"

"완전 개지랄이지."

주로 실기 성적은 상위권이라 A반에 왔지만 기초 과목이 개박살 난 무리들이었다. 그리고, 이런 주제에 유니티지 역시 빠질 수 없었다.

연예 활동에만 집중하지 말고 학교 생활에도 집중해라.

애초 이 규정 취지가 그것이니 만큼, 최근 공부를 소홀히 했던 유니티지는 걱정될 수밖에 없었다.

"야, 어떡해?"

최성훈은 울상이 된 표정으로 지끈거리는 머리를 부여잡았다.

"혹시 나… 망한 건가?"

"에이, 커트라인이 그 정도로 빡세지는 않을걸. 서울예고 졸업장이 그렇게 탐나면 최소한 인간답게 공부는 좀 해라, 이 소리시겠지."

"너는 걱정이 하나도 없어 보인다?"

최성훈의 말에 유민하는 당당하게 대답했다.

"실기 성적도 포함이니까 나는 괜찮아."

"하……."

1학년, 2학년 내리 상위권이었던 유민하.

2학년 1학기까지 성적을 잘 쌓아 뒀던 유민하는 걱정할 이유가 없다.

그 옆에 앉은 이유승도 표정에 별 변화가 없는 것 보니 상황은 비슷해 보였다.

"또 나만 망했지……."

이 배신자들.

최성훈은 투덜거리며 고개를 푹 숙였다.

그때, 최성훈의 시야에 한 사람이 들어왔다.

아, 맞다. 신서진.

생각해 보니 저와 비슷한 처지인 신서진이 있었다.

최성훈은 신서진의 옆구리를 쿡쿡 찌르며 물었다.

"야, 너는 괜찮냐?"

그 모습을 지켜보던 이유승이 혀를 차며 말을 얹었다.

"괜찮겠냐? 1학년 때까지 학교 잘릴 뻔한 애한테. 차라리 네가 괜찮지."

솔직히 말해서 최성훈은 크게 걱정할 것이 없다.

말은 저렇게 해도 2학년 때 A반에 진급한 최성훈은 졸업 위기는 절대로 아닐 테니까.

하지만, 신서진은 케이스가 다르다.

1학년 때는 학교도 제대로 안 다녀서 퇴학 위기였고, 출석 점수조차 부족했다. 연예 활동까지 하게 된다면 2학기 성적은 더 떨어질 것이 자명했다.

게다가 2학년 2학기에는 필기 비중도 높다고 하니, 걱정이 되지 않을 수 없다.

이유승의 현실적인 말에 서하린은 혀를 내둘렀다.

"역시 수학 7점."

"어쩌라고 국어 3점."

"야, 그래도 네가 더 위험하거든!"

사실이다.

신서진의 점수를 머릿속에서 계산해 본 최성훈은 심각한 얼굴로 고개를 들었다.

실용음악과 시험은 그렇다 쳐도 국영수 성적을 말아먹으면 졸업을 못 할 수도 있는 노릇이다.

"으음······."

신서진과 눈이 마주쳤다.

최성훈은 어색하게 웃으며 입을 떼었다.

"야, 그래도 요즘 사회에 졸업장이 전부는 아니잖아. 연예인으로 성공하고 나면 고졸, 아니, 중졸이구나. 어쨌든 중졸이어도 괜찮지 않을까?"

"혀가 길구나."

"······."

"고마워라. 그래서 네가 내 바닥을 깔아 준다고?"

"나는··· 열심히 졸업해야지."

배신자.

신서진이 인상을 찌푸리며 말했다.

옆에서 그 광경을 지켜보고 있던 유민하가 이마를 짚었다.

아무리 그래도 같은 멤버로서 신서진의 졸업장을 지켜 줘야 하는 상황.

이대로는 안 되겠다.

"야, 쟤 공부시키자."

*　　　　*　　　　*

이름하여 신서진 공부시키기 프로젝트.

공부의 기초라고는 찾아볼 수 없는 녀석이라, 지금 시점에 시작한다 해도 이미 빠듯했다.

유민하가 소매를 걷어 올리고서 가장 먼저 찾아간 것은 바로 윗학년, 한시은이었다.

"선배, 얘 공부 좀 시켜 주실 수 있어요?"

그 옆에 선 신서진은 머리를 긁적이며 한시은을 올려다보았다.

유민하의 플랜은 이러했다.

실용음악 쪽 시험들이야 실기 점수가 있으니 큰 문제가 없을 것 같고, 2학기에 비중이 크게 들어가는 국영수 기본 과목만 파겠다.

자신이 다 도와줄 수는 없어서 과목별로 선생을 알아보려했다.

한시은이 그 첫 번째였던 것이다.

"제가 1학기 때 봤는데 얘 정말 심각해요. 아는 거 아무것도 없어요."

신서진이 짐짓 삐진 얼굴로 입술을 툭 내밀었다. 그럼에도 유민하는 단호하게 고개를 저었다.

"사실이잖아. 선배한테는 솔직하게 말해야지. 그래서, 말인데……."

"응?"

"선배, 국어 잘하세요?"

한시은은 유민하의 뜬금없는 질문에 잠시 당황하더니 이내 알겠다는 듯 고개를 끄덕였다. 서울예고의 교장이 바뀐 뒤로 학교 내에 도는 소식을 그녀가 몰랐을 리 없었다.

'졸업 문제 때문이구나.'

한시은은 유민하 못지않게 모범생인 편이었다.

일반 고등학교 학생들에 비해 특출나게 공부를 잘하는 편은 아닐 테지만, 서울예고에서는 전 과목 상위권이었다.

한시은은 조심스럽게 고개를 끄덕였다.

"국어를 나한테 봐 달라는 거지?"

"네."

"다른 과목은 어떻게 하려고?"

유민하는 심각한 얼굴로 신서진을 돌아보았다.

일단 수학.

솔직히 말해서 저 녀석이 졸업 후 대학을 가진 않을 테고, 연예 활동에도 별 관련이 없으니 버려도 되는 과목이기는 했다.

'아냐, 그래도 7점은 너무 깎아 먹어.'

이번 시험에도 한 자릿수가 나오면 그건 좀 위험하다.

유민하는 속으로 고개를 젓고선 말했다.

"수학은 아마 제가 봐줄 것 같아요."

"영어는 아직 안 구했지?"

"네."

한시은은 턱을 쓸어내리다가 피식 웃었다.

어렸을 때 외국에서 살다 온 제 동생이 생각나서였다.

배우로 활동하고 있는 한해성.

그 녀석이 신서진을 가르치는 걸 좋아라 할지는 모르겠지만.

뭐, 늘 그렇듯. 설득할 방법은 있다.

"영어는 해성이한테 찾아가 봐."

선배 좋은 게 뭐겠냐.

어떻게든 후배는 졸업시켜야지.

한시은의 두 눈이 결심한 듯 반짝였다.

\*　　　　\*　　　　\*

서을예고의 급식실.

한해성은 맨 뒷자리에 앉아 친구들과 밥을 먹고 있었다.

작품 활동이 없는 휴식기에는 당연히 학교를 다니고 있다.

물론 그 휴식기조차 마음 편히 쉴 수는 없었지만.

대본집을 넘기면서 차기작을 고민하고 있던 한해성은 친구들이 주고받는 말에 벌떡 고개를 들었다. 사뭇 충격적인 소식을 들었기 때문이었다.

"뭐? 성적이 안 되면 졸업을 안 시켜?"

"이번에 교장 바뀌었잖아. 오자마자 한 소리가 그거라던데? 실음과 애들도 그것 때문에 다 난리 났어."

"뭔 개소리야?"

예고에서 성적 때문에 졸업을 안 시킨다니.

정말이지 개소리가 따로 없었다.

여기가 무슨 과학고야?

아니면 외고라도 되냐?

한해성은 미간을 찌푸리며 대본집을 덮었다.

"갑자기 무슨 바람이 들어서?"

"원래 그렇게 공부 썩 잘하는 학교도 아니었으면서, 갑자기 급발진한 거지 뭐. 입시 성적이 요새 밀린다나. 그것 때문에 교장이 열받았다던데."

"입시? 입시……?"

한해성은 깊은 한숨을 내쉬었다.

"그래, 백번 양보해서 대학 들어가는 애들은 그렇다 쳐. 졸업하자마자 연예인 하는 애들은? 아니, 이미 활동하는 애들은 빼놔야지."

"예외는 없다던데?"

"하."

무슨 놈의 교장이 취임하자마자 학교를 뒤집어 놓았다.

그런 말 같잖은 이유로 교내 규정이 바뀌어 버리다니.

사실 한해성의 성적은 결코 심각한 수준은 아니라고 볼 수 있었다.

하지만, 졸업 요건에 성적이 들어가게 된다면 분명 이전처럼 마음을 편히 놓을 수 없다.

"아, 그러면 2학기 시험은 아예 던지면 안 될 거 아니야."

그쯤이면 새 작품 활동도 들어갈 것 같아서 바빠질 텐데.

한해성은 이마를 꾹꾹 손으로 누르면서 투덜거렸다.

"귀찮은 학교. 아, 그냥 자퇴해 버릴까."

그때였다.

검은 그림자가 머리 위로 드리워졌다.

"뭐야, 너 자퇴하게?"

한해성은 인기척에 놀란 눈으로 고개를 들었다.

"……!"

한시은이었다.

그녀의 얼굴을 확인하자마자 한해성의 표정이 빠르게 썩어 들어갔다.

그 옆에 앉아 있던 친구들은 환한 얼굴로 그녀를 반겼지만 말이다.

"와, 누님. 무슨 일로 오셨어요?"

"이야, 요새 핫하다는 유니티지. 저 뮤비 다 챙겨 봤습니다!"

"야야, 네 누나지?"

분명 같은 연예인인데, 저를 볼 때는 놀라지도 않던 친구들이 배신자처럼 싹 다 돌아섰다. 아주 좋아 죽는 꼴을 보니 기분이 더 더러워진다.

"자퇴? 아빠가 절대 허락 안 할 텐데. 전해 줄까?"

"미친."

다짜고짜 시비라니.

"왜 왔어?"

한해성은 질색하며 물었고, 한시은은 그 물음에 화답하듯 산뜻하게 웃어 보였다.

저 사악한 웃음…….

옆에 친구들이 있어서 표정 관리를 하는 건가.

아니, 아니지.

저건…….

"부탁할 거 있나 본데."

"너 바빠?"

"응. 안 해 줄 건데."

"야, 아직 말도 안 꺼냈거든."

한시은은 웃으면서 자신에게 손짓해 보였다.

가까이 와 보라는 제스처에 귀를 가져다 댔는데, 그녀가 목소리를 낮춰 한해성의 귀에 속삭였다.

"……!"

한해성은 두 눈을 동그랗게 떴다.

"알았지?"

사근사근한 말투로 웃어 보이는 한시은은 누가 봐도 성격 좋은 누나 그 자체.

하지만, 한해성이 들은 말은 다소 달랐다.

'저 미친 이중인격자.'

방금 전에 들은 건 쌍욕이었다.

입에 담기도 꺼려질 정도로 험한 말이었는데, 저런 말을 아무렇지 않게 하고선 환하게 웃어 보이는 모습이라니.

저게 연예인들의 이미지 관리인가.

'기필코 연예계 은퇴 전에 저 인간 실체를 까발려야 하는데.'

한해성은 부글부글 끓어오르는 속을 가라앉히며 한시은의 말을 들었다.

어쨌든 누나의 본론은 신서진에게 영어를 가르쳐 달라는 소리였다.

"갑자기? 신서진을?"

"응, 누군지는 알지?"

신서진.

그 이름을 당연히 기억한다.

제가 출연하는 드라마에 까메오로 나왔을 뿐더러, 제 연기 열정을 불타오르게 했던 녀석이 아닌가.

아이돌 지망생이라고 개무시했는데.

제법 연기에 소질이 있던 녀석이었지.

그 뒤에는 제 누나와 같은 그룹으로 데뷔까지 했다.

요즘 그놈의 프로티 광고 때문에 여기저기서 프로티를 처먹고 다니는 애들이 한둘이 아닌데, 신서진의 근황을 모를 리 없었다.

가까이 하면 좋을 만한 인재이다.

다리만 연결된다면 어느 정도의 친분을 쌓아 두고 싶다는 생각도 했다.

하지만…….

그 연결점이 이런 방식은 아니었다.

가뜩이나 바빠 죽겠는데 녀석의 영어 과외를 해 달라고?

하겠냐?

한해성은 어이가 없다는 듯 피식 웃음을 흘렸다.

"절대 안 할……."

"계좌 불러."

"할게."

거절하기에는 너무 큰돈이었다.


*          *          *


유민하가 성심성의껏 신서진을 돕겠다고 나선 이유는 하나였다.

같은 멤버가 졸업은 해야지.

바로 그 의리 때문.

비슷한 생각을 한 한시은의 감사한 도움으로 한해성까지 섭외하게 되었고, 충분하진 않지만 나름 차근차근 공부 계획이 실현되고 있었다.

하지만, 신서진의 가장 큰 문제가 남아 있었으니…….

유민하가 심각한 얼굴로 단언했다.

"일단 너는 수학부터 해결해야 해."

쾅.

유민하는 책상 위에 두툼한 책 몇 권을 내려놓았다. 자신이 중간고사 준비로 몇 권 사 두었던 수학 문제집들이었다.

하지만, 신서진은 분명 기초부터 바닥나 있을 것이 분명해서, 중학교 수준의 교재 몇 권도 챙겨 왔다.

신서진은 진자한 얼굴로 그중 하나를 집었다.

"음, 표지가 예쁘네."

신서진은 교재를 슥슥 넘겨 보더니 아는 단어 앞에서 멈춰 버렸다.

아.

그러고는, 두 눈을 스윽 감고선 마치 옛날을 회상하듯 말했다.

"피타고라스……. 그와 술잔을 기울이던 시절이 떠오르는군."

"그게 무슨 말 같지도 않은 소리야."

들켰다.

"미안, 거짓말이야. 사실 안 만나 봤어."

재미없는 학자들이랑은 말을 섞지 않는 편이라.

그 시절에도 헤르메스는 공부와는 담을 쌓고 지냈다.

'뭐, 내가 했으면 분명 잘했을 텐데……. 일부러 안 한 거지.'

허수들이나 할 것 같은 말을 속으로 중얼거리면서, 신서진은 다른 문제집 하나를 꺼내 들었다.

"여기엔 피타고라스, 그 꼴 보기 싫은 인간이 안 나오는 듯해."

"그래, 빨리 시작하자."

유민하는 한숨을 내쉬며 고개를 끄덕였다.

아무래도 더 헛소리가 나오기 전에, 1 대 1 밀착 과외를 시작해야 할 듯하다.

유민하는 첫 장을 펼쳤다.

지난번에 피타고라스의 정리도 몰라서 기초 문제도 못 푼 애한테.

"이건… 미분이라는 거야."

"……?"

아, 모르겠다.

시험이 벌써 2주 남았다.

＊　　　＊　　　＊

유민하가 놀란 점은 신서진이 의외로 머리가 좋다는 것이었다.

한 번 알려 준 건 두 번 물어보지 않는다.

자신이 과외라는 걸 해 보진 않았지만, 이 정도면 상당히 가르치기 쉬운 편에 속하는 학생이 아닐까.

"이거 기억나?"

"배운 적이 없어."

"어……? 그러네."

다만 안 배운 건 조금도 풀지 못했다.

마치 백지 같은 타입이랄까. 기초라는 걸 아예 찾아볼 수 없는 최악의 바탕 상태. 하지만 그것치고는 일단 진도가 나가면 스펀지처럼 바로바로 흡수하는 능력이 있었다.

유민하는 신서진이 다 푼 문제집을 건네받아 채점을 시작했다.

불과 어제만 해도 여기 있는 그 어떤 문제도 풀지 못했다.

그랬던 녀석이…….

스윽. 슥.

스윽.

'다 맞아……?'

"미친."

공부에 재능이 있었나?

이 페이지는 다 맞았다.

물론 아직 배우지 않은 다음 챕터는 하나도 못 풀겠지만, 이 정도면 실로 비약적인 발전이 아닌가.

유민하는 떨리는 손으로 펜을 내려놓았다.

"뭐야, 너?"

"실력이지. 이제야 알았나, 내가 잘난 거."

"하… 재수없어."

근데 또 부정할 수는 없다.

한 번 듣고 바로 이해하니까 진도도 상당히 빠르게 나갈 수 있었고, 확실히 배운 건 틀리지 않으니 서서히 희망이 보였다.

유민하는 믿을 수 없다는 듯 작은 목소리로 중얼거렸다.

"이러다가… 의외로 잘 보는 거 아니야?"

신서진은 그 말을 들으며 흐뭇하게 웃다가 표정이 굳었다.

잠깐만.

"그게 왜 의외지?"

스윽.

자신을 바라보는 신서진의 시선에, 유민하는 망설임 없이 대답했다.

"네 7점을 생각해."

아.

납득했다.


*           *           *


"으음… 으으음……."

노트북 화면 가득 채운 하나의 메일.

그 내용을 천천히 읽어 내려가던 남자는 검지손가락으로 톡톡, 책상을 두드렸다.

메일을 처음부터 끝까지 다 읽을 때까지.

두 눈은 화면에 고정되어 있었다.

그만큼 집중해서 읽었던 메일이었다.

남자는 미국에서 활동하고 있는 유명 작곡가, 아프로 비안체였다.

아프로 비안체.

그는 이름만 거론해도 전세계의 모든 작곡가들이 눈을 반짝일 정도로 작곡계의 상당한 거물이었다.

그러니 전 세계의 엔터테인먼트에서 그의 곡을 목이 빠져라 기다릴 만했다.

실제로 그는 압도적인 퀄리티에 쉼 없는 작업량까지. 거의 곡 쓰는 기계라고 불릴 정도로 빠른 속도로 곡을 뽑아내고 있었다.

그렇게 낸 곡들은 전부 대박이었다.

아마 21세기 대중음악의 굵직한 작곡가 탑 5에 들 만큼, 아프로 비안체의 영향력은 어마어마했다.

그런데, 이 메일은 SW 엔터에서 보낸 메일이었다.

비행기로도 무려 14시간, 아득한 거리에 있는 대한민국의 서울에서 보내 온 메일.

"조금은 낯선 곳이야."

그렇기에 잘 알지는 못했어도 SW 엔터라는 그 이름만큼은 알았다.

유명한 K—POP 엔터 회사, 최근 들어 미국에도 몇 번 진출을 시도하지 않았나.

어쨌든 메일의 내용은 SW 엔터에서 매년 진행한다는 뮤직 캠프의 초청장이었다.

그건 아프로 비안체도 들은 적 있는 유명한 행사였는데, 전 세계 유명한 작곡가들을 모아 두고 편히 작곡할 수 있는 여건 아래 일주일간 곡을 써 오라고 하는 음악 캠프였다.

본인은 공감하기 어렵지만 거기 가면 의외로 곡이 잘 써진다던가.

"뮤직캠프……."

아프로 비안체는 턱을 쓸어내리며 고민했다.

사실 이 메일이 처음 온 것은 아니었다. 벌써 4년 연속, 줄곧 까였음에도 의지를 굽히지 않고 자신을 초청하려 한다.

그만큼 좋은 곡을 뽑고 싶다는 SW 엔터의 의지는 강력했다.

아프로 비안체는 심드렁한 표정으로 메일을 다시 읽었다.

원래는 올해도 거절할 생각이었다.

작업해야 할 게 밀려 있었고, 비행기로 14시간 떨어진 서울까지 직접 간다는 것은 귀찮기 그지없는 일이었으므로.

굳이 그런 수고를 하지 않아도 작업 요청은 물밀듯 쏟아진다.

아프로 비안체 정도 되는 작곡가에겐 별로 구미가 당기지 않는 제안이었다.

하지만.

올해는 변수가 하나 생겼다.

딸깍. 딸깍.

아프로 비안체는 SW 엔터의 홈페이지에 접속했다.

한국 최고의 기획사답게 대문을 장식하는 수많은 연예인의 얼굴들.

아프로 비안체는 그 사진들을 두 눈으로 빠르게 훑었다.

괜히 K—POP이 요즈음 뜨는 게 아닌가 싶은 훤칠한 비주얼들.

"……"

마우스 화살표가 한 사람의 사진 위에서 멈춘다.

"SW 엔터?"

원래도 몇 번 들어 본 이름이지만, 요즘 들어 더더욱 자주 들려오는 이름이다.

"신서진."

아프로 비안체는 그의 이름을 입안에서 굴렸다.

"아주 재밌는 장난을 치고 있었어."

이렇게 되니 아까의 메일을 씹을 수 없는 것이다.

그는 어쩔 수 없다는 듯 피식 웃었고, 이내 아까의 메일 창을 다시 켰다.


[당신의 제안을 받아들이겠습니다.]


SW 엔터의 뮤직캠프.

그 화려한 축제에 참석하기로 했다.

Chapter. 5

솔직히 말해서 연예인 신분이라는 게, 공부를 줄곧 할 수 있는 여건은 아니었다.

중간고사 준비 기간 내리 스케줄이 끊임없이 들어왔다.

지방 축제도 몇 번 갔었고, 라디오나 예능 출연도 섭외가 들어오는 족족 나가야 했다.

활동기만큼 바쁜 시간은 아니었지만, 결코 한가로운 스케줄은 아니었다.

그뿐인가.

쉴 때는 연습실을 출근해야 하는 형편인데, 각 잡고 공부할 수 있는 시간이 있을 리 만무했다.

그렇게 정신없이 2주를 보냈더니 어느새 중간고사 당일이 되었다.

"다들 들어가서 자리에 앉아라."

혹시 모를 커닝을 대비해 자리는 전부 재배정.

신서진은 배정받은 맨 뒷자리에 조용히 앉았다.

띠로로링— 띠로링—.

스피커에서 나오는 요란한 종소리와 함께 본격적인 시험이 시작되었고.

"자, 시험지 뒤로 넘겨. 벌써부터 문제 보지 말아라!"

신서진이 제일 먼저 받은 시험지는 수학이었다.

팔랑—.

시험지를 넘기는 소리만 들리는 고요한 교실.

신서진은 가장 큰 걸림돌이었던 수학 시험지를 내려다보았다.

유민하의 집중 과외로 기초부터 탄탄히 다진 과목.

피타고라스 앞에 가서 알은체는 할 수 있는 실력이 되었다.

아니, 그렇게 생각했다.

"하아……."

조용한 교실 안, 한숨 소리가 여기저기서 터져 나온다.

신서진은 제 머리를 쥐어박으며 펜대를 돌렸다.

'어려운데?'

지난 시험은 정말 생각 없이 봤다지만, 어째 잘 봐야겠다는 압박감이 생기니 더 막히는 느낌이다.

'모르는 건 확실히 포기하자.'

피타고라스가 와도 못 풀 것 같은 문제들은 깔끔하게 제끼고, 아는 것만 풀겠다는 전략이었다.

그제야 진도가 조금 나간다.

팔랑ー.

팔랑ー.

그렇게 정신없이 문제를 풀어 대다가 마지막 문제에 점을 딱 찍을 때쯤.

주영준 선생이 자리에서 일어났다.

요란한 종소리가 다시 한번 스피커에서 울려 퍼진다.

띠로로링ー 띠로링ー.

"다 됐으면 시험지 뒤에서부터 걷어 와라."

신서진은 숨을 몰아쉬며 펜을 내려놓았다.

그런대로 푼 것 같긴 한데…….

"아, 힘들었다."

역시 K─고딩으로 사는 건 힘든 일이다.


*　　　　*　　　　*


후다다닥.

시험이 끝나자마자 빨갛게 달아오른 얼굴로 달려온 것은 유민하였다.

얼마나 제 성적이 궁금했으면, 이 더운 날씨에 열도 안 식히고 달려와 묻는다.

"너 어땠어!"

유민하의 두 눈이 똘망똘망하게 빛이 났다. 하지만 신서진은 그 반짝반짝한 희망을 단번에 꺾을 만한 대답을 했다.

"으음, 확실히 어려웠어."

"…그랬어?"

신서진을 바로 옆에서 가르치면서, 그가 짜투리 시간을 얼마나 알뜰히 모아 공부해 온 건지 알고 있었다.

진짜 최선을 다했으니까. 본인이 어려웠다고 하니 할 말은 없는데…….

그래도 아쉬움은 가시질 않았다.

힘들게 3년을 다녀 놓고 결국 자신과 같이 졸업하지 못할까 봐 걱정되는 마음도 있었고.

"아냐, 그래도 괜찮을 거야. 열심히 하기는 했잖아."

유민하는 떨리는 목소리로 덧붙였다.

"되게 많이… 망한 것 같아?"

"그것까진 아닌 거 같은데…….."

잠시 고민하던 신서진은 담담하게 입을 떼었다.

"7번. 19번. 21번. 23번."

"응?"

"배우지 않은 곳에서 나왔어."

학교 시험인데, 당연히 응용한 문제가 많았을 것이다.

다른 문제들은 잘 기억나지 않지만 시험지 뒷장에 있었던 23번 문제.

'단순 응용보다도 더 꼬아 놓은 문제긴 했지.'

누가 봐도 틀리라고 낸 문제라서, 유민하도 빠르게 포기했다.

어려운 문제들이야 신서진의 실력에 건들지도 못했을 것이다.

수학 공부 2주 차. 그 짧은 시간에 이제 와서 상위권을 노리는 것도 아니고, 다른 것이 관건이었다.

"그건 알겠는데, 다른 문제는?"

유민하는 답답하다는 듯 신서진에게 재차 물었다.

그리고.

그 말을 이해하지 못한 건 신서진도 마찬가지였다.

"응?"

"왜?"

방금 이미 말했잖아.

7번, 19번, 21번, 23번.

도무지 풀 수 없었던 그 문제들, 틀린 것 같다고.

"나머지는 다 맞았어."

그 한마디에, 유민하의 두 눈이 동그래졌다.

"뭐… 뭐라고?"

*         *         *

고선재 매니저는 고개를 돌려 막 차에 탄 멤버들을 보았다.

누구는 신이 났고, 누구는 침울하고. 누구는 별생각 없는 모습이……

딱 시험 끝난 날의 학생들의 얼굴이다.

"그래서, 중간고사 잘 봤다고?"

이미 서하린과 최성훈이 차에 타자마자 조잘댄 뒤였다.

신서진의 얘기를 전해 들은 고선재 매니저의 두 눈이 반짝였다.

"이야, 그 바쁜 와중에 그걸 또 공부했어? 무슨 일이야."

"매니저님, 이건 진짜… 진짜 대박이라니까요!"

유민하는 흥분한 얼굴로 두 팔을 버둥거렸다.

도무지 믿을 수가 없어서 시험 끝나고 신서진의 시험지를 뺏었다.

앉은 자리에서 바로 채점했는데 정말 그 네 문제 빼고 다 맞았더라.

유민하는 제 눈을 의심할 지경에 이르렀다.

바로 전 시험에서 수학 7점을 맞았던 녀석이, 공부 2주 했다고 80점대를 받는다고?

심지어 수학은 아예 노 베이스였다.

옆에서 직접 가르쳐 줬으니 누구보다 확신했다.

"쟤… 천재였나 봐요."

"서진이가 여러 분야에서 천재이긴 했지, 너네는 가끔 너네 스스로의 대단함을 까먹는 모양인데. 지금 그렇게 데뷔해서 잘 나가는 것도 엄연히 천재들이나 가능한 거거든."

고선재 매니저는 피식 웃으며 운전대를 잡았다.

유민하는 그 말에 인상을 찌푸리며 고개를 저어 보였다.

"아, 정말로 그 수준이 아니라니까요."

2주 만에 고등학교 2학년 수준의 수학을 따라가?

그것도 완전 노 베이스가?

전국의 고등학생들이 들으면 피눈물 흘릴 소리였다.

아닌 게 아니라.

"쟤는 저 정도 재능이면 학자 해야 해요."

"……?"

"그동안 더럽게 안 해서 그렇지, 공부에 소질은 있었다. 완전 그거거든요."

"서진아, 학자 할래?"

신서진은 기겁하며 고개를 저었다.

고선재 매니저는 그 표정을 보면서 쿡쿡 웃었다.

"민하야, 서진이가 학자는 하기 싫다는데."

"저는 이거 인류의 낭비라고 봐요."

"본인이 싫단다."

그 얘기는 그쯤에서 마무리되나 싶었으나, 그 뒤로도 중간고사 얘기가 이어졌다.

이유승은 차 시트에 등을 기대고선 볼멘소리를 터뜨렸다.

"야, 인간적으로 영어 어렵지 않았냐?"

"성훈이는 잘 봤대."

"쟤는 거의 유학파잖아."

"…미? 익스큐즈 미? 악!"

최성훈은 되도 않는 영어 발음을 굴리다가 서하린에게 한 대 맞고 나서야 조용해졌다.

"하여간 가만히들 있지를 않아."

그 모습을 보며 실실 웃던 고선재 매니저가 운전대를 손으로 두드렸다.

"아, 맞다. 너네 슬슬 다음 앨범 준비 들어가야 하는 거 알지?"

SW 엔터는 다른 엔터에 비해 유독 컴백 일정이 타이트한
편이었다.

특히 이름을 알려야 하는 신인의 경우엔 더더욱 그랬으니,
고선재 매니저의 말대로 슬슬 앨범 준비에 들어가야 할 시즌이
었다.

고선재 매니저는 두 눈을 굴리며 말을 이었다.

"다음 주에 뮤직캠프 열리거든."

"어, 저 들었어요!"

"뮤직캠프 올해도 열려요?"

사실상 SW 엔터의 연례행사가 되어 버린 뮤직캠프.

그 이름을 익히 알고 있는 한시은이 고개를 벌떡 들었다.

SW 엔터 내부 직원들이나 준비를 위해 바쁘지, 연예인들에
겐 직접적인 관련이 없는 행사인데.

굳이 이야기를 꺼낸 이유는 따로 있었다.

고선재 매니저는 고개를 스윽 돌려 두 사람을 확인했다.

"작곡 좀 할 줄 아는 애들은 한번 들어가면 어떨까 싶어
서."

아.

"다영아, 서진아."

"네!"

"어떻게 생각해?"

그 한마디에, 이다영의 볼이 발그레해졌다.


\*　　　　\*　　　　\*

SW 엔터의 뮤직캠프.

그 명성을 알고 있는 이다영은 짐짓 흥분한 목소리로 입을 떼었다.

"SW 엔터에서 편하게 곡 쓰라고 공간을 대여해 주는데, 거기에 일주일 동안 가둬 놓고 맛있는 거 먹으면서 곡 쓰는 거야. 자유롭게!"

"밥은 맛있는 거 주나?"

"완전 풀코스로!"

그것 참.

"사육이군."

신서진의 짧은 정리에 이다영의 미간이 찌푸려졌다.

"그… 그런 거 아니야."

"가둬 놓고 밥 주는 거면 사육 맞는데."

"……."

이다영은 결국 신서진의 말을 무시하기로 했다.

지금은 뮤직캠프에 대한 상상을 하는 것만으로도 구름 위에 붕 뜬 기분이 들었기 때문이었다.

그토록 꿈에 그리던 행사에, SW 엔터의 일원으로서 참석하게 되다니.

비록 작곡을 좋아하는 이다영이었지만, 일개 초짜 아티스트에 불과한 자신을 쟁쟁한 작곡가들 틈에 초대해 줄 줄은 몰랐다.

고선재 매니저의 제안을 듣자마자 얼굴이 붉게 달아오른 것도 그 때문이었다.

사실 지금도 도무지 아까의 흥분을 가라앉힐 수 없다.

"그런 대단한 분들 앞에서 내 곡을 평가받을 수 있다니……."

"너, 말 실력이 늘었다."

"응?"

아, 맞다.

이다영은 부끄러운 듯 신서진의 눈을 피했다.

SW 엔터의 트레이닝을 받으면서 낯을 가리는 것도 그렇고, 긴장하면 말을 더듬는 버릇도 많이 고쳐졌다. 같은 유니티지 멤버기는 해도 유니비와 유니지의 스케줄이 겹치지 않는 경우가 많아 잘 몰랐는데, 그새 엄청 많이 늘었다.

"왜 차에서는 말 한마디도 안 했대."

"그야……. 밖에 보고 달리는 게 좋아서."

"영감, 뭐 그런 거 떠올리는 거야?"

"응!"

이다영은 어떻게 알았냐는 듯 두 눈을 반짝였다.

"오늘 오는 길에도 나름… 열심히 구상해 봤어!"

"좋아."

"그래서 말인데……."

SW 엔터에서는 편하게 몸만 오면 된다고 했지만, 그게 말처럼 쉽게 되지 않는다.

실제로 다른 작곡가들은 깔끔히 머리를 비우고 와서 캠프를 즐긴다고 들었지만, 이다영은 자신이 없었다.

미약한 재능이라면 미리 노력이라도 해 가야지.

뮤직캠프가 얼마 안 남은 시점, 곡의 뼈대라도 잡아 가고 싶은 것이 이다영의 속마음이었다.

그래서, 신서진을 부른 것이다.

"우리 둘 다 참석하잖아……."

"응."

"되게 중요한 행사구, 또 우리한테도 의미 있는 그런… 행사니까."

"갑자기 말이 길어지는 거 보니 부탁할 게 있는 모양인데."

"다 날고 기는 분들 앞에서 얼마나 부끄러워. 최소한 봐줄 만한 결과물을 보여 드려야 하잖아!"

그러니까…….

"우리 같이 곡 쓰자."

이다영의 한마디에 신서진의 눈이 크게 뜨였다.

뭐, 완전히 예상 못 한 이야기는 아니었지만…….

"협업, 좋지."

"그렇지!"

"근데 대단히 도움 되진 않을 텐데?"

신서진도 작곡에 재능이 있는 편이었지만, 자신이 이다영을 따라갈 정도는 되지 않는다고 생각했다.

애초에 〈Fantasia〉의 편곡도 이다영이 직접 한 것이었으니, 사실상 저 아이의 재능은 대중에게 확인받은 셈이었다.

그러나, 이다영의 생각은 달라 보였다.

"아냐. 넌… 뭔가 있어."

"내가?"

확신에 찬 듯한 눈빛, 이다영은 고개를 주억거렸다.

킹 메이커.

이다영이 가까이서 본 신서진은 그러했다.

제 자신 자체로도 빛나지만, 같은 멤버들이 빛날 방법을 아는 녀석.

이다영은 자신이 은연중에 그러한 신서진의 도움을 받아 왔다고 생각했다.

"네가 있어야 돼."

이 작곡에는 신서진의 도움이 필요하다.

이렇게 직접 도움을 요청하는 것조차, 낯을 가리는 이다영에게는 엄청난 용기였지만.

그녀는 눈앞의 실력자를 놓칠 정도로 멍청하지 않았다.

이다영은 아랫입술을 질끈 깨물고선 말을 뱉었다.

"넌 뭐든 해낼 애니까."

"고… 고맙다?"

신서진은 그 말에 당황한 얼굴로 두 눈을 끔뻑였다.

*　　　　*　　　　*

SW 엔터의 2층 작업실.

회사에서는 이다영의 작곡 활동을 적극 지원해 주고 있었고, 이곳은 이다영이 연습 외의 시간에 밥 먹으면서 곡을 쓰는 공간이었다.

신서진은 이다영의 뒤를 따라 작업실에 들어갔다.

벌컥―.

별생각 없이 작업실의 유리문을 열어젖힌 이다영의 두 눈이 크게 뜨였다.

웬 돼지우리 같은 작업실이 두 사람을 반기고 있었다.

"허업……!"

응?

"잠깐만!"

이다영은 당황한 얼굴로 앞으로 튀어 나갔다.

순식간이었다.

우당탕탕.

이다영은 좁은 작업실 안을 헤집고 다니면서 황급히 널브러진 옷가지들을 치워 놓았다.

그건 절대로 섬세한 손길은 아니었다.

'그냥 안 보이면 그만이야?'

픽! 픽!

원래는 악보를 정리해 두라고 만들어 놓은 박스 같은데, 그 종이 박스에 옷가지들을 대충 쑤셔 넣어 버린다.

"그거, 치우는 거 맞지?"

픽!

"으… 응! 다 치웠어!"

방금 전 공중으로 반팔 티 하나가 날아가는 걸 본 것 같은데.

뭐지, 잔상일까.

신서진은 어이가 없다는 듯 웃음을 터뜨렸다.

치웠다고는 하지만 빈말로도 깨끗하다고는 볼 수 없는 작업실이었다.

"여기가 네 자취방이냐? 왜 거지꼴이 되어 있어."

"그… 그…… 그게……."

"비슷한 용도로 쓰긴 하는구나."

"으응……."

작곡이라는 게 원래 영감을 받아야만 떠오르는 섬세한 작업이라서, 새벽까지 여기서 밤을 새는 경우도 많았던 모양이었다.

그래, 뭐.

졸릴 땐 정리가 뒷전이 되지.

신서진은 이해한다며 고개를 주억거렸다.

정작 당사자인 이다영은 아직까지 식은땀을 뻘뻘 흘려 대고 있었지만 말이다.

상당히 부끄러워하는 거 같아서, 신서진은 화제를 돌렸다.

이다영이 정신을 차릴 만한 작곡 얘기였다.

"어떤 곡 만들 거야? 장르는 생각해 봤어?"

"어… 어!"

정신 못 차리고 있던 이다영은 벌떡 일어나 컴퓨터를 켰다.

위이잉—.

쿨링 팬이 돌아가는 소리와 함께, 모니터 화면이 떠올랐다.

이제 보니 제대로 정리를 안 한 건 컴퓨터 역시 마찬가지였던 모양이다.

신서진은 폴더로 가득찬 배경화면을 모른 체하며 웃음을 참았다.

딸깍.

딸깍.

파일 하나 찾기도 버거워 보이는 화면에서, 이다영은 용케 작업 중인 음악 파일을 찾아내 화면 위로 띄웠다. 신서진은 모니터를 조금 더 가까이 보기 위해 의자를 당겨 앉았다.

"멜로디만 따 본 건데 한번 들어 볼래? 아직 미완성이야……!"

두어 소절 정도 되어 보이는 멜로디 라인. 말 그대로 아직 구상 수준에서 벗어나지 않은 따끈따끈한 악상이었다. 신서진은 흥미롭다는 얼굴로 고개를 끄덕였다.

뚜. 뚜. 뚜뚜뚜.

뚜뚜. 뚜. 뚜둔.

두 소절의 멜로디와 단순하게 깔리는 비트.

순식간에 흘러나와 순식간에 사라져 버린 멜로디에도, 신서진은 크게 당황하지 않았다.

대신 침착하게 입을 떼었을 뿐이다.

"한 번 더 들어 볼게."

"응!"

뚜. 뚜. 뚜뚜뚜.

두 번째 들었을 때는 어깨를 살짝 흔들거렸다.

짧은 소절에도 이렇게 드럼 소리가 잘 살아 있는 걸 보면……

"장르는 락?"

팝 락 분위기가 물씬 나는 멜로디였다.

신서진의 그러한 추측이 맞았는지 이다영은 고개를 격하게 끄덕였다.

"사실 이 곡이 뮤직캠프에서 선택받지 못할 수도 있지만, 어떻게 보면 거기서 빛을 볼 수도 있는 거잖아."

"그렇지?"

"그래서 유니티지의 색깔을 살려서 쓰고 싶었어."

서을예고 축제 당시, 에이틴 멤버들은 〈Future and past〉라는 펑키한 곡을 상당히 잘 소화해 냈다.

세부 장르는 다르지만, 이다영이 표현하고자 했던 색깔이 무엇인지는 알 수 있었다.

"하이틴 감성의 락이야."

"좋은데?"

곡의 컨셉이 확실하고, 멜로디의 방향성도 뚜렷하다.

하이틴 감성에 대해 정확하게는 잘 모르는 편이었지만, 이다영의 덧붙이는 설명을 듣고 있으니 어느 정도 이해가 됐다.

'그 감성을 잘 살려 냈네.'

유니티지의 데뷔곡인 'Fantasia'의 분위기를 따르면서도 한 단계 성숙된 느낌이 있다.

여러모로 칭찬할 점이 많은 곡이다.

하지만, 이다영이 이 바쁜 시간에 자신을 여기에 끌어와 앉힌 이유가 고작 이런 칭찬들을 듣고 싶어서는 아닐 터였다.

신서진은 턱을 쓸어내리며 찬찬히 고민했다.

자신을 올려다보는 이다영의 두 눈이 부담스러울 정도로 빛나고 있었다.

"음음."

두어 번 헛기침을 한 신서진이 한참 뒤 입을 열었다.

"솔직히 말해서 멜로디가 아직 짧잖아. 네가 방금 들려 준 게 코러스일 거고."

"맞아."

음악의 핵심 파트.

제 귀를 끌어들이는 후크가 충분한지, 가장 먼저 그걸 놓고 판단하려 했다.

신서진의 감상은 이러했다.

"음을 너무 많이 담아내려 한 게 아쉬워."

"아."

"고작 두 소절의 멜로디에, 너무 희로애락을 담으려 한 느낌?"

"네가… 그런 말도 알아?"

빠직.

신서진은 미간을 찌푸리며 이다영을 노려보았다.

이다영은 어깨를 움츠리고선 우물쭈물 변명했다.

"그냥… 그런 게 아니라… 살짝 놀란 거지……."

악의 없는 순수한 물음이라는 사실이 은근히 더 열받는다.

자포자기면 백전백승이라는 헛소리를 한 시점에서, 이 허접한 이미지는 제 스스로 쌓아 올린 것이었음에도 언짢은 기분은 사라지지 않는다.

"내 이미지가 아주 개판이야."

"……."

됐다, 그냥 포기하자.

신서진은 혀를 차고선 말을 이었다.

"일단 내 요지는 여기서 살짝 걷어 내면 좋을 거 같다는 거야. 난잡하지 않게, 살릴 파트만 살리는 거지."

나름 성심성의껏 고민한 기색이 묻어 있는 신서진의 조언.

"역시… 킹 메이커."

신서진의 눈치를 보고 있던 건 어디로 가고.

이다영은 해맑게 웃으며 엄지손가락을 치켜올렸다.

그 능청스러움에 신서진은 피식 웃으며 받아쳤다.

"그러면 넌 킹이냐?"

"어……?"

"내가 킹 메이커면, 너는 킹이잖아."

생각조차 못 했다는 듯, 이다영의 눈꺼풀이 파르르 떨렸다.

틀린 말은 아니다.

신서진은 건수를 잡았다는 표정으로 짓궂게 덧붙였다.

"맞네. 스스로를 왕이라 생각하다니. 이야, 역시……."

얼굴이 빨갛게 달아오르는 걸 보아하니, 이거 효과 있다.

예상대로 자길 띄워 주는 걸 못 견디는 타입.

이다영이 발을 동동 굴리는 동안, 신서진은 감탄과 함께 중얼거렸다.

"작곡의 왕, 대단한걸?"

그게 무슨 소름 돋는 호칭이야.

'아악!'

이다영은 소리 없는 비명을 내질렀다.

"작곡의 왕! 작곡의 왕!"

"그… 그런 거 하지 마!"

두 뺨이 뜨거워진 이다영이 양팔을 허우적거리며 외쳤다.

생각해 보니 뭔가 억울해서였다.

"너도 네가 신이라고 말하고 다니잖아!"

"나는 진짜 신이니까."

"…당당하기까지 해."

신서진은 낄낄대며 책상을 두드렸다.

조용조용해서 그렇지 의외로 제대로 각 잡고 놀리면 놀릴 맛이 나는 친구였다.

그동안 너무 유민한만 약 올리곤 했던 걸까.

이다영을 상대로도 분발해야겠다는 생각이 들었다.

"……."

이다영의 얼굴이 점점 부풀어 오르는 것이, 조만간 터져 버릴 것 같다.

우리의 작곡가가 풍선처럼 터져 버리는 건 곤란한 관계로, 신서진은 다급히 말을 돌렸다.

"음음, 그러면 다음 파트 들어 볼까?"

이다영이 미리 만들어 놓은 것이 두 소절뿐만은 아니었다.

대략적인 뼈대를 만들고자 했으니, 어설프게 벌스를 뽑아 놓은 것이었다.

"후… 덥다."

신서진이 벌스를 듣는 동안, 이다영은 찬물을 꿀꺽꿀꺽 삼키며 열을 식혔다.

손부채질까지 하는 걸 보니 적잖이 당황한 기색이었다.

"다영아."

"응."

말을 돌린 것이 이다영에게 도움이 되었는지는 모르겠으나, 그녀는 금세 신서진의 다음 조언에 집중했다.

"여기서 조바꿈을 썼네?"

곡의 분위기 자체가 미묘하게 변하길래 다시 들었다.

벌스에서 변조(變調)를 한 것 자체는 크게 문제가 되지 않았다. 아마도 단조로움을 피하기 위해 이런 장치를 넣은 듯싶은데……

이건 가벼운 의견이었다.

"중간에 조바꿈 안 들어가도 괜찮겠는데?"

"그래?"

"네가 말한 하이틴 감성이라는 거, 그 감성을 충분히 살리려면 조바꿈이 안 들어가는 게 나을 것 같아서."

이다영은 귀를 쫑긋 세우는 듯하더니, 프로그램을 잠시 만지작거렸다.

시간은 그리 오래 걸리지 않았다.

굳이 번거롭게 조바꿈을 하지 않고, 원래 조성대로 가도록 했을 뿐이니까.

딸깍.

이다영은 마우스를 클릭해 노래를 틀었다.

마찬가지로 짧은 두 소절.

이다영이 구상했던 벌스의 멜로디가 어설프게 흘러나온다.

그런데, 아까와는 달랐다.

"어……!"

이다영은 두 눈을 동그랗게 떴다.

"단조로울 거라고 생각하는데, 의외로 그렇지 않아."

"……."

"이대로도 괜찮아."

으음…….

이다영은 뒤늦게 고개를 끄덕거리며 말했다.

"정말 그러네."

밋밋할 줄 알아서 수정했던 건데, 이렇게 듣고 보니 의외로 괜찮다.

기본 베이스와 비트 자체가 충분히 신이 나서 단순한 느낌도 들지 않고.

벌스의 구성을 살짝 바꾸고 싶다면 비트만 조금 손보는 편이 오히려 나을 것 같았다.

작곡하는 와중에는 까먹고 있던 발상들을 일깨워 준다.

마치 몸 안의 세포 하나하나가 신서진의 한마디에 깨어나는 기분이다.

그녀는 다시 천천히 엄지손가락을 들어 올렸다.

그러고는, 신서진의 눈앞에서 엄지를 흔들어 보인다.

"역시……."

"킹 메이커라고?"

"정답!"

이다영은 그렇게 외치며 배시시 웃었다.

*　　　　*　　　　*

야심한 시각, SW 엔터로부터 뮤직캠프에 초청받은 작곡가.

아프로 비안체는 뉴욕의 야경을 내려다보며 칵테일 잔을 기울이고 있었다.

누가 옆에 있는 것은 아니었다.

그는 종종 야경이 잘 보이는 창가에 앉아 칵테일을 마시고는 했다.

그리 알코올이 세지는 않은 것들이다. 이제는 슬슬 간을 신경 쓸 나이가 되었으니까.

그의 손에 들린 칵테일은 미도리 사워라는 칵테일이었다.

메론 맛이 나는 미도리 사워를 한 모금씩 꼴깍 넘기고 있던 아프로 비안체는 식도를 타고 내려가는 익숙한 탄산에 기분 좋게 웃었다.

"크으… 좋구만."

이따금 전율을 일으키는 느낌이라, 작곡할 때 즐겨 마시던 녀석이었다.

오늘은 악상을 떠올리는 대신, SW 엔터의 뮤직캠프를 떠올리고 있었다.

"뮤직캠프라……."

아프로 비안체는 뮤직캠프에 어떤 작곡가들이 참가하는지

궁금해했다.

하지만, SW 엔터는 참가하는 작곡가들의 정체를 미리 일러 줄 생각이 없어 보였다.

인맥으로 수소문하여 같이 뮤직캠프에 들어가는 작곡가 몇 명의 이름을 들었으나, 대부분은 별 관심 없는 작자들이었다.

오히려 호들갑은 그쪽이 떨더라.

'그 대단한 아프로 비안체가 서울에 온다고? 진심이야?'

흥분한 목소리로 말을 쏟아내는데, 전화를 끊기 미안해질 정도였다.

아프로 비안체는 짧게 혀를 찼다.

어찌 되었건, 자신은 그런 허접이들의 참석 여부를 알고 싶어서 전화한 것이 아니었다.

자신만 한 거물급의 작곡가들이 있는지, 뮤직캠프를 진행한다는 SW 엔터의 수준을 보고 싶었던 것이었으니.

하지만, SW 엔터 직원과의 통화에서 다른 건 전부 듣지 못했어도 수확이 하나 있었다.

바로, 직원이 그를 달래며 흘렸던 뜻밖의 소식.

―다른 분들은 규정상 미리 말씀드리기 곤란합니다. 그렇지만, 이번에 저희 아티스트들 중에서 신인 그룹 아이들이 참석 예정입니다.

―신인 그룹이면…….

―유니티지의 이다영, 신서진. 두 아티스트입니다. 혹시 알고 계시나요?

―…압니다.

아프로 비안체는 입가에 호선을 그리며 대답했다.

—아주 잘 알고 있지요.

신서진.

그에게는 정말 뜻밖의 이름이었다.


*　　　　*　　　　*


뮤직캠프 당일 아침.

기껏해야 일주일, SW 엔터가 마련한 호텔에서 숙박하면 되는 일정인데…….

멤버들은 먼 타지에 보내는 것처럼 호들갑을 떨었다.

최성훈은 짐짓 심각한 얼굴로 신서진의 어깨를 툭툭 두드렸다.

"야, 괜히 가서 기죽지 말아라."

"…쟤가 어디 가서 기죽을 애냐?"

그래 봤자 이유승의 현실적인 한마디에 분위기가 깨져 버렸지만 말이다.

"하기야, 그건 또 맞긴 해."

"차라리 쟤를 응원할 바에 다영이를 응원해 줘라. 어제 보니 얼굴이 하얗게 질렸더라."

신서진은 피식 웃으며 고선재 매니저가 기다리고 있을 1층으로 내려갔다.

거기에는 일찍이 짐을 바리바리 싸 들고 온 이다영이 기다리고 있었다.

신서진은 이다영에게 손을 흔들어 보이며 차 안으로 몸을 욱여넣었다.

탁—.

차 문이 닫히자마자, 고선재 매니저가 두 사람을 돌아본다.

가장 먼저 안색부터 살폈다.

"어때, 떨리지는 않아?"

"저는 안 떨려요."

"떨… 려요……."

두 사람의 전혀 상반된 대답.

신서진은 태연한 얼굴로 머리를 긁적였다.

잘 다녀오라고 문 앞에까지 나와 배웅하던 멤버들은 그새 숙소 안으로 들어갔다.

아마 모처럼 만의 휴가를 즐기는 듯했다.

'분명 게임하러 갔겠지.'

하지만, 이쪽은 마냥 놀고 있을 수 없다.

고선재 매니저는 차의 시동을 다시 켜자마자, 이내 잔소리를 시작했다.

중요한 행사를 앞두고 있으니만큼, 주의 사항은 백번 알려 줘도 부족하다.

"뮤직캠프 말이야, 너네가 신경 써야 할 게 은근히 많을 거다."

SW 엔터에서 오래 근무하지 않았기에, 그 역시 뮤직캠프에 직접 참가해 본 경험은 없다.

그러나, 대면으로 만났던 몇몇 작곡가들의 성향을 떠올린다면 할 수 있는 조언이 몇 가지 있었다.

"작곡가들이 솔직히 말해서 고집불통인 인간들이 많아."

그건 자신이 본 아티스트들도 그랬다.

본인의 작품 세계에 빠지고 나면, 쉽게 헤어 나올 수가 없거든.

"자기들 말이 진리고, 내 곡은 흠잡을 데가 없다. 한둘도 아니고 다들 그렇게 생각한단 말이야."

"아……."

"그런 사람들을 모아 놓은 자리야. 비평 시간에 멱살잡이하는 인간들도 있다고 들었거든."

직접 제 눈으로 본 건 아니지만 익히 들어 온 얘기였다.

잘나가는 작곡가들도 워낙 이상한 양반들이 많아서, 마냥 근거 없는 괴담은 아니리란 생각이었다.

그런 얘기를 듣고 나니, 이다영은 몰라도 신서진이 걱정되는 것이다.

"연예인들이 괜히 싸움에 말려들어서 좋을 거 없어."

"그렇죠."

"그래, 그러니까 자존심 건드릴 말은 절대로 하지를 말고."

"네!"

"절대 싸우지도 말고!"

다행히 신서진도 고선재 매니저의 잔소리를 알아들은 듯 별투정 없이 고개를 끄덕였다. 단속을 단단히 시켜 놓으니 이제야 조금 마음이 놓인다.

그때.

"아!"

고선재 매니저는 운전대를 잡으며 입을 떼었다.

"그리고 이번에 대단한 사람 하나 온다더라."

"대단한 사람이요?"

SW 엔터의 뮤직캠프에 참석하는 작곡가들은 다 어디서 한 가락씩 하는 대단한 양반들이다. 별 영향력도 없는 피라미들은 애초에 끼어들 수 없는 행사라는 의미였다.

그런데, 고선재 매니저가 저렇게 말할 정도면…….

이다영의 두 눈이 빛났다.

"누군데요?"

"아프로 비안체라고, 알아?"

대단한 작곡가들의 우상인.

작곡가 중의 작곡가.

아프로 비안체?

"제… 제가 아는 그 아프로 비안체예요?"

"그러엄. 그 아프로 비안체겠지."

"허업……!"

이다영은 숨을 들이켜며 다급히 물었다. 동공이 크게 확장된 것을 보아 적잖이 놀란 기색이다. 그도 그럴 것이, 이다영에게는 워너비와 같은 유명 작곡가니까.

"아… 아프로 비안체라니……!"

작곡가 중에 아프로 비안체의 이름을 모르는 사람이 있을까.

대중음악에 한 획을 그은 양반인데.

그렇기에, 그 이름을 듣자마자 숨이 멎을 뻔한 것도 어쩌면 당연했다.

"말도 안 돼……."

이다영은 제 우상을 떠올리며 초롱초롱한 눈이 되었고, 그 옆에 앉은 신서진은 미간을 찌푸리며 홀로 중얼거렸다.

잘 모르는 인간인데, 왠지 모르게 찝찝한 기분이 든다.

"어디서 많이 들어 봤는데……."

누구였더라?

*　　　　*　　　　*

인천국제공항.

아프로 비안체는 자신의 매니저와 함께 한국에 입국했다.

주말이라 그런가, 발에 채일 정도로 사람이 많았다.

아프로 비안체는 정돈되지 않은 제 금발 머리를 손으로 슥 슥 쓸어넘기더니, 모자 안에 깔끔히 집어넣었다.

그의 옆에는 굳은 얼굴로 서 있는 매니저가 있었다.

일반적으로 연예 활동을 하지 않는 작곡가들이 매니저와 동행하는 경우는 드물다.

하지만, 아프로 비안체는 항상 모든 스케줄을 매니저와 함께 다녔다.

어딘가 묘한 분위기를 자아내는 남자 매니저는 아프로 비안체 옆을 꿋꿋이 지키고 있었다. 그 모습은 매니저라기보다는 보디가드에 가까워 보였다.

아프로 비안체는 실없이 웃으며 입을 떼었다.

"한국은 꽤 오랜만이야."

"……"

한 가지 확실한 건, 재미없는 성격이란 거.

아프로 비안체는 묵묵부답인 제 매니저를 보면서 짧게 혀를 찼다.

"내가 혀를 뽑아 놓지는 않았을 텐데. 대답이 없어, 왜."

"명상 중이었습니다."

"…이제는 서서도 그 짓을 하나?"

"마음을 정순하게 먹어야 좋은 곳에 갑니다."

무덤덤한 그 대답에, 아프로 비안체는 미간을 찌푸렸다.

"그냥 아예 대놓고 잘라 달라 시위를 해라."

"그러면 일 그만둬도 됩니까."

"큼, 짐은 저쪽에서 찾으면 되던가?"

아프로 비안체는 헛기침을 하며 말을 돌렸다. 매니저는 그 능청스러움에도 별다른 반응 없이 두 눈을 끔뻑이고 있을 뿐이었다.

사람들로 가득 찬 인천국제공항이다.

아프로 비안체는 사람들 틈을 비집고 들어가 간신히 줄을 찾았고, 그곳에는 정신없이 짐을 찾아 돌아다니는 사람들이 퍽 많았다.

그리고, 이런 혼잡한 공간에서는 늘 그렇듯.

주변 사람과 부딪히는 불상사가 벌어지기도 한다.

"아악!"

"억!"

쿵—.

저쪽에서 캐리어를 들고 달려오던 남자가 아프로 비안체의 어깨를 세게 치며 멈췄다.

고의는 아니었던 듯싶지만, 아프로 비안체의 미간이 찌푸려졌다.

그의 성격은 썩 평탄한 편은 아니었기에, 싸늘한 목소리가 곧장 튀어나왔다.

"이봐, 앞 좀 똑바로 보라고."

"아, 죄송……."

"눈깔을 장식으로 달고 다니는 거냐?"

"……!"

당연히 영어였다.

선글라스를 머리 위에 쓴 남자는 인상을 찡그렸다.

표정을 보아하니, 아프로 비안체의 말을 알아들은 듯했다.

"하… 시발."

남자는 한국말로 욕지거리를 내뱉었다. 그러면서 싸늘하게 말을 덧붙였다.

일부러 알아듣지 못하라고 한국말로 뱉은 말이었다.

"성질머리 한번 지랄 맞은 외국인이네."

남자는 짜증 섞인 목소리로 툴툴대었고, 그대로 자리를 뜨려 했다.

하지만, 그런 그를 붙잡는 한마디.

"뭐?"

아프로 비안체가 입을 떼었다.

그 한마디에 놀라, 남자는 고개를 홱 돌렸다.

방금 전의 '뭐'가 'what?'이었다면 놀라지 않았을 것이다.

그런데.

"지랄?"

"……!"

분명 한국어였다.

그것도 푸른 눈의 외국인치고, 전혀 어눌하지 않은 한국어.

"내가 지랄 맞은 성격이긴 하지."

아프로 비안체는 고개를 끄덕이며 태연히 말을 뱉었다.

그렇게 덧붙이는 말마저도 유창한 한국어였다.

"그 전에 눈깔이 있으면 길을 똑바로 보고 다니란 말이야."

"어… 어……."

남자는 당황한 듯 우물거렸다.

"유… 유… 굿 코리안?"

"존나 잘하지."

"……!"

욕까지 잘해!

남자는 기겁하며 뒷걸음질을 쳤고.

잠시 뒤.

후다다닥!

캐리어를 들고 제 시야에서 도망쳐 버렸다.

제대로 된 사과는 없이, 그냥 줄행랑이다.

쯧.

아프로 비안체는 아직까지 얼얼한 어깨를 문질거리며 혀를 찼다.

"건방진 인간이군."

"시비는 먼저 거셨습니다."

매니저의 한마디에, 아프로 비안체는 그를 째려보았고.

"팩트입니다."

매니저는 결코 밀리지 않았다.


*          *          *


뮤직캠프가 열리는 곳은 SW 엔터에서 직접 대여한 호화로운 호텔이었다.

잘 먹고, 잘 자고. 잘 싸고.

일주일 동안 좋은 환경에서 사육당하는 프로그램이라는 건 알았지만.

눈이 돌아갈 정도로 화려한 시설이었다.

그 안에 들어선 두 사람.

이다영은 천장 위의 고급 샹들리에를 보면서 입을 떡 벌리고 있었다.

아예 넋을 놓은 표정이다.

신서진은 쯧, 혀를 차며 타박을 놓았다.

"그러다가 입에 파리 들어간다."

"허업!"

이다영은 종종걸음으로 신서진을 따라 걸었다. 두 사람이

향하는 곳은 뮤직캠프의 개최식이 열리는 강당이었다. 신서진은 문 안쪽을 손으로 가리키며 말했다.

"저쪽인가 봐. 사람 꽤 많이 왔네."

끼이이익.

강당 뒷문을 열자마자, 미리 다 세팅해 둔 원형 테이블이 보였다.

이다영은 눈치를 살피며 조심스레 말을 꺼냈다.

"우리… 뒷자리에 앉을까?"

"이런 행사는 앞자리지."

"응? 나는 부담스러… 억!"

뒷자리에서 소심하게 앉아 있으려던 이다영의 계획은 처참히 무너졌다.

신서진은 이다영의 손목을 잡고 당당히 맨 앞자리로 향했다. 이다영은 버둥거리면서도 질질 끌려갔다.

결국 맨 앞자리다.

"으악……. 너무 부담스러운데……?"

꽤 많은 작곡가들이 이미 대기하고 있던 강당 안은, 이다영의 생각만큼 고요하고 정중한 분위기는 아니었다. 맨 앞자리고 나발이고. 다들 이쪽에는 관심조차 주지 않는다.

처음에는 부끄러워하던 이다영은 주위를 두리번거리며 안정을 찾았다.

"다들… 바빠 보여서."

"우리한텐 별 관심도 없군."

명색이 연예인인데, 철저히 무시당하고 있다.

신서진은 심드렁한 표정으로 사람들을 돌아보았다.

본격적인 식사가 나오기도 전에, 벌써 술잔부터 기울이고 있는 무리들이 저쪽에 있었고.

오랜만에 만난 반가움을 표시하려, 서로 냅다 끌어안는 작곡가들도 보였다.

주로 한국 작곡가들이 많았지만, 의외로 해외에서 초청받고 온 유명 작곡가들도 많았다.

다들 하나같이 이 행사를 즐기는 분위기 속에서, 이다영은 괜히 위축될 것 같았다.

"다 너무 대단한 사람들이야……."

"어깨 펴라."

신서진은 그럴 줄 알았다는 듯 이다영의 어깨를 쭈욱 펴 주었다.

"왜 이리도 자신감이 없어. 네 곡도 충분히 대단하다고."

"내… 내 곡이?"

이다영이 저리 말할 정도로 대단한 사람들이라면…….

음. 확실히 저 인간들보다는 이다영의 이력이 부족할 것이다.

그래서, 뭐?

이 바닥이 연차가 중요한 곳은 아니지 않나.

"길고 짧은 건 대 봐야 아는 법이지."

신서진이 어디서 주워들은 소리를 읊자, 이다영은 짧게 탄성을 터뜨렸다.

"요즘 들어 진짜 유식해졌어……."

"국어 68점의 위력이야."

"…잘 본 점수는 아닌데?"

"최성훈보다는 잘 봤어."

"그건 맞다!"

이다영은 그제야 긴장이 풀렸는지 쿡쿡 웃었다.

그러고는, 목소리를 낮춰 신서진의 귓가에 속삭였다.

"저 사람들, 가만히 들어 보면 다 음악 얘기 하고 있어."

과연 작곡가들의 모임답게, 전문적인 얘기가 오고 가는 것이다.

악상을 어떻게 떠올리는지, 작곡 방식은 어떠한지. 최근의 대중음악 트렌드는 무엇인지.

서로 의견을 주고받으며 각자의 스타일을 공유한다.

물론 전부 그런 생산적인 이야기만 하는 것은 아니고, 저편에서는 기 싸움도 한창이었다. 신서진은 귀를 기울여 그들의 대화를 들었다.

"요즘 쓰는 곡들마다 잘 안 되어서, 걱정이 되겠어."

"아무렴 감 떨어진 누구만 할까."

"뭐?"

"이제 은퇴할 나이 아니야?"

다양한 인간 군상을 볼 수 있는 건 이곳도 마찬가지구나.

신서진은 고선재 매니저의 조언이 괜한 헛소리가 아니었음을 실감했다.

"말 가려서 해."

"시끄러우니까, 시비 걸 거면 곡으로 증명하라고."

곧 멱살잡이가 일어나도 이상하지 않겠더라.

저들끼리 나름의 파벌이 있는지, 사이가 안 좋은 인간들은 만나자마자 서로 이를 갈고 있었다.

그때.

웅성웅성.

원래도 말소리가 끊이지 않던 강당이 아까보다 더 시끄러워졌다.

"어?"

고개를 돌려 보니, 그 이유를 알 수 있었다.

"다들 참석해 주셔서 감사합니다."

어디서 많이 본 익숙한 얼굴.

갈색 생머리의 여자가 구두를 또각거리며 앞으로 걸어 나왔다.

"자, 축사부터 시작할까요?"

이번 뮤직캠프의 책임자, 이한나 이사였다.

\*          \*          \*

이한나 이사는 마이크를 손으로 쥐었다. 까랑까랑한 목소리가 호텔 강당 내로 울려 퍼졌다.

"아아, SW 엔터의 이한나 이사라고 합니다. 반갑습니다, 여러분."

"와아아아아!"

가까운 서울에 사는 작곡가들도 있지만, 이 뮤직 캠프를 위해 비행기를 타고 온 해외 출신들도 있었다.

첫 번째 멘트는 그들을 향한 감사 인사였다.

"먼 여정이었을 텐데, 음악에 대한 열정 하나만으로 이곳에 자리해 주셔서 감사합니다."

짝짝짝.

사방에서 박수가 터져 나온다.

아까까지 시끄러웠던 강당도 이내 조용해졌다.

"저희 SW 엔터는 올해로 5회째, 이곳에서 뮤직캠프를 진행하고 있습니다."

이한나 이사는 입가에 호선을 그리며 설명을 이어 갔다. 그녀의 목소리에는 이런 프로젝트를 진행하는 것에 대한 자부심이 묻어 있었다.

"SW 엔터는 여러분들의 작업을 위한 최적의 환경을 제공해 드리려 노력하고 있습니다. 작업 환경이 여러분에게 맞으시길 바라고, 한국에서의 시간이 좋은 기억으로 남으셨으면 하는 바람입니다."

아아.

마이크를 두어 번 두드린 이한나 이사는 가볍게 미소를 지었다.

"뮤직캠프, 진행 순서는 미리 고지해 드렸던 것과 같습니다."

삼시 세끼 제공되는 고급 호텔 식사.

호캉스를 즐길 만한 다양한 프로그램.

작곡가들의 교류를 돕는 셋째 날, 넷째 날의 자유 토의 시간.

마지막 날의 비평회까지.

"모든 행사가 차례로 마무리되면, 15년도 뮤직캠프도 끝이 날 예정입니다."

"와아아아!"

그녀가 자신 있게 말한 것만큼 작업 환경도 훌륭하고, SW 엔터에서 준비한 프로그램들도 알차다.

"음음, 좋아."

만족스럽다는 듯 가벼운 추임새가 여러 작곡가들 사이에서 흘러 나왔고, 이한나 이사는 다행이라는 듯 입가에 미소를 머금었다.

축사는 길지 않았다.

참을성 없는 몇몇 작곡가들이 벌써부터 식사에 눈독을 들이고 있었기 때문이었다.

또, 밖에 준비한 음식들이 식어 버리면 곤란한 관계로.

이한나 이사는 이쯤에서 축사를 끝내었다.

"그러면, 다들 즐거운 시간 보내시길 바랍니다."

*　　　　*　　　　*

축사가 끝나고 나니, 본격적인 식사 시간이었다.

신서진은 그야말로 입이 떡 벌어지는 고급 호텔식을 접시 가득 담았다.

서울예고의 급식도 진짜 맛있다고 생각했는데…….

이건 정말 차원이 달랐다.

"와… 올림포스의 맛이야."

신서진의 기준에서 최고의 칭찬이었다.

천상의 맛이라 칭하는 것과, 크게 다를 바가 없으니 말이다.

뷔페식은 이것저것 골라 먹는 재미가 있다.

신서진이 가장 먼저 선택한 것은 게살볶음밥. 한국에서 지 낸 뒤로, '밥'이라는 것에 매력을 느끼게 된 그였다.

허겁지겁.

신서진은 게살볶음밥을 한입에 밀어넣었다. 부드러운 게살 에 자극적이지 않게 딱 맞는 간. 저도 모르게 엄지 손가락을 치켜올릴 만큼 만족스러운 맛이었다.

그다음은 갈비다.

한입 베어 물자, 육즙이 팍 터져 나왔다. 짭짤한 양념이 입 안을 감돌면서 풍미를 더한다.

군침이 절로 도는 맛이라는 게 바로 이런 건가.

신서진은 다시 게살볶음밥을 한 숟가락 가득 떠올렸다.

다이어트라는 고삐가 풀리니까, 정말 맛있게도 먹네.

'그동안 식단 관리를 어떻게 참았대.'

그 모습을 옆에서 지켜보던 이다영이 떨떠름하게 물었다.

"그렇게 맛… 있어?"

"응! 너도 먹어 볼래? 게살볶음… 밥? 색깔 있는 이 밥이 아 주 끝내준다."

"어… 아니, 괜찮아."

신서진과 달리, 이다영은 잘 먹지 못했다.

입맛이 잘 돌지 않는 것 같았다.

"입맛 없냐?"

"응. 잘 안 들어가네."

아까보다 긴장은 풀렸지만, 지금 이 공간 자체가 그녀에게는 별로 편하지 않은 탓이었다.

"그러면, 그냥 한잔할래?"

신서진이 건넨 것은 오렌지 에이드.

이다영은 싫지 않았는지 웃으며 에이드 한 잔을 건네받았다.

둘 다 미성년자 신분이라 SW 엔터에서 준비한 와인은 마시지 못했지만.

꿩 대신 닭이라고. 때론 알코올이 들어가지 않은 음료도 나쁘지 않지.

신서진은 에이드를 홀짝거리며 이 낭만적인 분위기를 즐기고 있었다.

아티스트의 공간이라 그런가.

정말 낭만적… 은 개뿔.

"음악은… 술이지."

"캬, 취한다."

"그 정신머리로 제대로 된 곡을 쓰겠어?"

"마지막 비평 날에 신랄하게 까 줄 테니까, 어. 딱 기다리고 있어!"

그냥 도떼기시장 같았다.

아까 싸우던 인간들은 아직도 싸우는 중이다.

쯧쯧.

신서진을 혀를 내두르며 이다영을 돌아보았다.

"어어······."

식사 초반만 해도 남아 있던 그녀의 환상은 실시간으로 깨져 가고 있는 중이다.

"역시··· 음악은 술인가 봐."

"응, 하지만 네 나이에는 안 된다."

이상한 결론을 내리려 하길래 막았다.

맨 앞자리 테이블이라고는 해도, 다른 작곡가들과는 조금 동떨어진 공간.

묵묵히 식사만 하고 있는 두 사람에게 여전히 아무도 관심을 보이지 않았다.

아니, 방금 전까지는 그러했다.

껄렁껄렁하게 생긴 두 명의 남자들이 걸어와 갑작스레 테이블에 합석했다.

"어, 어디서 많이 본 얼굴들인데. 혹시 유니티지?"

붉게 달아오른 얼굴을 보아하니 얼큰히 취한 기색이었지만, 의외로 발음은 정확했다.

인지가 불분명할 정도로 취하진 않았다. 신서진은 그리 판단하며 남자의 말에 대꾸해 주었다.

"네, 유니티지 신서진입니다."

"안녕하세요, 유니티지 이다영입니다!"

이다영은 그 옆에서 발그레한 볼로 배꼽 인사를 했다.

"어떤 분들이신가요?"

"우리? 들으면 알걸."

불쑥 나타난 두 남자는 정명한과 황용찬 작곡가. 이다영은 두 사람의 이름을 듣고선 허업, 숨을 삼켰다.

'유명한 인간들인가 보네.'

하지만, 이 바닥에 있으면서 느끼는 건데…….

유명세가 그 사람의 인성과 비례하지는 않는 법이다.

황용찬은 정명한의 옆구리를 쿡쿡 찌르며 물었다.

"얘네가 그 맛없는 음료수 파는 애들인가?"

두 사람끼리 하는 말이라면 문제 될 건 없었겠지만, 면전에 대고 하기엔 무례한 발언이다.

황용찬 작곡가는 히죽거리며 말을 이었다.

"하도 유명해서 사 먹어 봤는데, 진짜 겁나 맛없더라고. 그런 거 팔아 먹어야 하면… 아이돌 생활도 힘들죠?"

걱정을 가장한 쌍욕이다.

신서진은 담담한 얼굴로 그 말을 흘려들었다.

이다영은 그 옆에서 신서진의 눈치를 살피고 있었다.

똑같은 대중음악 작곡가들이면서, 은근히 아이돌을 무시하는 부류들이 존재한다.

솔로 '가수'의 노래는 진정한 음악이고, 아이돌은 애초에 '가수'가 아니다.

―라고 생각하는 사람들이었다.

발라드 장인으로 추앙받는 황용찬 작곡가 또한 그런 부류였던 모양이었다.

아이돌, 특히 신인은 아직 공손한 데다가 자신들의 음악적 프라이드가 없다.

그러니 면전에 대고 무례한 말 몇 마디 한다고, 말대꾸할 리 없다고 생각하는 듯했다.

황용찬은 신서진을 향해 툭 말을 던졌다.

"여기 곡 받으러 왔어요?"

"작곡 캠프니… 곡을 쓰러 온 거겠죠?"

"어쨌든 곡 받고 갈 거잖아."

신서진은 황용찬의 말에 천천히 고개를 끄덕였다. 궁극적으로는 맞는 말이지.

말하는 싸가지가 영 고까울 뿐이었지만 말이다.

"곡 받으러 온 건 맞지만, 어떤 분의 곡을 받게 될 줄은 모르는 일이죠."

신서진의 말에 정명한은 킥킥 웃음을 흘렸다.

"누구 곡일 것 같은데요?"

"이 중엔 없을 거 같은데요."

"야아……."

이다영은 당황한 얼굴로 신서진의 옆구리를 쿡쿡 찔렀다.

'이 중' 이래 봐야 눈앞에 있는 두 사람밖에 없지 않나.

그런 면에서 신서진의 발언은, 두 사람의 곡이 최종 선정되지 못할 거라 악담하는 것과 같았다.

황용찬은 건방진 발언에 미간을 찌푸렸다.

유니티지. 대형 기획사에서 밀어주는 라이징 스타라고는 익히 들었으나. 그래 봤자 아직 신인에 불과한 녀석들이.

벌써부터 대놓고 저를 무시해?

"어이, 방금 그 발언은……."

"젊은 친구가 그러면 안 되지. 벌써부터 연예인병 걸렸어?"

술이 거나하게 들어갔으니 말도 격하게 나오는 법. 정명한 작곡가까지 끼어들면서 분위기가 순식간에 험악해진다.

자존심 하나는 대단한 양반들.

고선재 매니저가 미리 언질을 줬건만, 신서진은 들어먹을 생각조차 하지 않았던 모양이다.

이다영은 사색이 되어서는 손사래를 쳤다.

"그, 그런 의미는 아닐 거예요."

"……."

"서진아, 아니지?"

야, 싸울 생각이냐고!

이다영은 다급하게 신서진의 어깨를 두드렸다.

신서진은 두 눈을 굴리며 잠시 고민하다가, 천천히 입술을 떼었다.

아마도 험한 말이 나올 것 같다고 생각하던.

그 순간.

"꼬마 작곡가님들."

낯선 목소리가 바로 옆에서 들려왔다.

신서진은 미간을 찌푸리며 고개를 돌렸다.

"아, 꼬마 작곡가 하나에, 늙은이 하나 추가겠군."

"……!"

"둘 다 꼬마는 아닐 테니까, 그렇지?"

금발에 푸른 눈.

연륜이 있어 보이는 그 눈빛과 마주하자, 신서진의 표정이 굳었다.

"헉, 아프로 비안체 님!"

"만나 뵙게 되어 영광입니다!"

동시에, 정명한과 황용찬이 허리를 90도로 숙인다.

이다영은 아예 새하얗게 질려서는 얼어 버렸고······.

"여기서 보는구만."

신서진은 아프로 비안체를 보며 피식 웃음을 흘렸다.


            *            *            *


아프로 비안체.

그 대단한 작곡가와 대면하는 것은 처음이다.

정명한은 술기운이 전부 가시는 걸 느끼며 두 눈을 끔뻑거렸다.

그것도 잠시, 그는 아프로 비안체 곁으로 쪼르르 달려가 일러바쳤다.

원래라면 상상도 못 할 행동이었으나, 늘 그렇듯 알코올의 위력이다.

술이 깼는데 아직 좀 덜 깼다.

"건방진 아티스트인가 봅니다."

네가 애냐?

그새 가서 이르게?

신서진은 속으로 혀를 끌끌 차며, 정명한을 내려다보았다.

자신을 무시하는 눈치.

아마 영어로 한 말을 못 알아들을 거라고 생각하는 것 같았다.

"젊은 아티스트들이 원래 그럽니다. 다들 연예인병에 걸려서, 조금 건방지죠. 신인이니 그냥 무시하는 게 좋습니다."

되도 않는 영어 발음을 굴려 대다가, 한국말로 신서진에게 쏘아 댄다.

"무례한 건 그 선에서 멈춰라. 너도 아는 게 있다면, 이분을 모르진 않을 거 아니냐."

"잘 알고 있죠."

신서진은 어이가 없다는 듯 인상을 찌푸렸다.

잘 알다마다.

뭣도 모르는 저 건방진 인간보다야, 자신이 저 남자를 더 잘 알 것이다.

"작곡의 신……."

"그래, 작곡의 신이시지. 이분이, 그 유명하신 아프로 비안체라고!"

"됐군."

아프로 비안체는 정명한의 호들갑에 질색하며 고개를 돌렸다.

신서진을 똑바로 응시하는 시선.

누가 딱히 서로를 소개해 주지 않아도, 느껴지는 그 기질만으로 서로의 정체를 알 수 있다.

"마음에 들어."

아프로 비안체는 알 수 없는 말을 중얼거리며, 입가에 미소를 띄웠다.

그러고는, 신서진을 향해 입을 열었다.

"잠시 시간이 되겠나?"

아프로 비안체 옆에 찰싹 붙어 있던 정명한은 놀란 눈으로 물러섰다.

그 뒤는, 이다영도 건방진 작곡가들도. 전혀 예상하지 못한 말이었다.

"나와 대화 좀 나누지."

Chapter. 6

　아프로 비안체와 신서진.

　두 사람이 인정했듯, 서로는 아주 잘 알고 있는 사이였다.

　강당 밖. 인기척이 느껴지지 않는 호텔 구석 복도에 도착해서야, 두 사람은 줄곧 쓰고 있던 가면을 벗었다.

　아까보다 훨씬 더 건방지고. 능청스러우며, 들뜬 듯한 목소리가 먼저 입을 떼었다.

　신서진이었다.

　"한국에 있던 건 언제고, 그새 미국으로 진출하셨나."

　아프로 비안체.

　아니, 음악의 신 아폴론.

　그에게는 많은 도움을 받았다. 신서진은 그에 대한 감사 인사를 할 생각이었다.

신서진은 주머니를 뒤적거리더니 휴대전화를 꺼내었다.

"이거, 기억하시죠?"

[학교생활_꿀팁_txt.]

험난한 학교 생활을 버티게 해 준, 신서진의 인생 지침서.
바로 〈야너인싸〉였다.

"음?"

아폴론은 파일의 내용을 확인하자마자 인상을 찌푸렸다.

아프로 비안체로 미국에 가 이름을 알리기 전, 잠시 한국에서 활동하던 시절이 있었다.

그 시절에 써 둔 학교 생활 지침서가 맞다만…….

"이 지침서의 내용대로 학교 생활을 열심히 했습니다."

"…그렇다면 이제 친구가 없겠군."

"예?"

"거… 거기 써 있는 대로 하면 안 될 텐데?"

신서진은 뜻밖의 말에 두 눈을 끔뻑였다.

그게… 대체 무슨 소리지?

미심쩍은 눈빛으로 아폴론을 쳐다보자, 그가 태연하게 대답했다.

"그거, 다 구라거든."

"……?"

"한국에 정착한 지 얼마 안 되었을 때라, 나도 뭣도 모르고 쓴 것일 텐데."

쉽게 말하자면 뇌피셜로 끄적여 놓은 내용이었다.

"미친."

그래서 자포자기는 백전백승 같은 개소리가 써 있던 거냐.

분명 한국을 알고는 있는데, 뭔가 어설프게 알고 있는 듯한 느낌을 지울 수가 없었던 것이……

바로 이 이유였나!

아폴론은 능청스럽게 덧붙였다.

"되는 대로 지껄였을 거야."

"어쩐지."

꾹.

신서진은 바로 〈야너인싸〉 파일을 삭제해 버렸다.

쓰잘데기 없는 것이 휴대전화 용량이나 잡아먹고 있었다.

아폴론은 그걸 곧이 곧대로 믿은 신서진이 웃겼는지 킬킬 웃어 댔다.

"그 나이 먹고 보기보다 순진한 구석이 있었어."

"시끄러워라."

신서진은 인상을 찌푸리며 툴툴대었다.

어쩐지 이따금 애들이 자신을 이상하게 보는 것이, 왠지 찜찜하다 싶었는데.

지침서의 내용대로 얼마나 헛발질을 해 온 건지 셀 수도 없다.

그런 과정도 일종의 시행착오가 아닌가.

아폴론은 너털웃음을 터뜨리며 화제를 돌렸다.

"그나저나, 성격이 많이 유해진 모양이야."

"예?"

"저 건방진 것들의 모가지를 날리지 않는 걸 보면."

무슨 얘기인가 했더니, 아까의 그 건방진 작곡가들에 대한 얘기였던 듯하다. 신서진은 미간을 찌푸리며 그의 말을 받아쳤다.

"제가 그쪽처럼 그리 성격이 지랄 맞은 편은 아니었을 텐데요."

"뭐?"

아폴론은 제 동생의 한결같음에 혀를 끌끌 찼다.

"이런 싸가지 없는 아우야."

"왜 그러시죠. 지랄 맞은 형님."

서로 한마디도 질 생각이 없어 보이는 대화.

이백 년만의 만남이었지만, 마치 어제 만난 듯한 친숙함이다.

아폴론은 어깨를 으쓱이면서 혀를 끌끌 찼다.

"피가 반밖에 안 섞였는데, 네 지랄 맞은 성격은 나와 크게 다르지 않으니. 왜일까."

"그 반쪽에 문제가 있었던 모양입니다."

"아, 맞네."

아폴론은 두 눈을 크게 뜨며 신서진의 말을 긍정했다.

"거기서부터 문제였구만."

"역시 그렇죠?"

제우스가 들으면 뒤집어졌을 소리를 아무렇지 않게 입에 올리면서.

두 명의 신은 낄낄대며 웃었다.

*      *      *

아프로 비안체와 신서진이 사라져 버린 자리.

정명한은 큼지막한 두 눈을 굴리고 있었다.

'나와 대화 좀 나누지.'

신서진을 보자마자, 아프로 비안체가 뱉은 말이었다.

처음에는 자신들을 향한 무례를 질책하려 조용히 불렀나 싶었지만…….

개의치 않는 구석이 있다.

정명한은 고개를 갸웃거리다가 입을 떼었다.

"표정이 너무 좋아 보이지 않았어?"

"누구 얘기 하는 거야?"

"아프로 비안체 말이야. 그 유니티지 신서진 데리고 중간에 나갔었잖아."

정명한은 술을 깨기 위해 물을 벌컥벌컥 삼켰다.

황용찬은 정명한 작곡가의 뜬금없는 말을 천천히 곱씹었다.

무슨 말이 하고 싶은 건지 대강은 알겠다.

황용찬 작곡가는 짜증 섞인 목소리로 말을 뱉었다.

"아프로 비안체가 그 건방진 놈을 좋게 봤다는 소리야?"

"아예 가능성 없는 소리는 아니잖아."

작곡가들 중에도 워낙 괴짜가 많으니까.

정명한의 말대로 아예 가능성이 없는 소리는 아니었다.

그럼에도 황용찬은 심드렁한 표정으로 물었다.

"근데… 둘이 아는 사이야? 오늘 처음 만난 거 아닌가?"

해외의 유명 작곡가와 한국의 신인.

신서진이 연예계 활동을 오래 했다면 모를까, 두 사람 간의 접점을 쉽게 떠올릴 수 없다.

마음에 들 만한 계기가 없었지 않을까?

정명한은 그런 황용찬의 생각을 읽은 것처럼 대답했다.

"원래 좋게 봤었을 수도 있지."

연예인이다.

유니티지의 데뷔곡이 마음에 들었거나, 너튜브에서 신서진을 봤을 수도 있겠지. 요즘은 국적 상관 없이 너튜브만 들어가면 K-POP를 들을 수 있으니까.

그게 사실이라면…….

그 대단한 작곡가.

아프로 비안체의 눈에 벌써 띈 녀석이라니.

정명한은 미간을 찌푸렸다.

"에이, 설마."

그는 말도 안 된다는 듯 고개를 내저었다.

하지만, 그러면서도 찝찝한 감정은 가시질 않았다.

\*            \*            \*

아프로 비안체, 아니, 아폴론은 호텔 객실에 돌아와 생각했다.

올림포스가 안팎으로 시끌시끌한 와중에, 마음 한편이 편안해지는 기분이었다.

헤르메스는 제 뒷통수를 대놓고 휘갈길지언정, 등 뒤에서 칼 꽂을 타입은 아니니까. 아폴론은 차라리 그렇게 속 편한 성격이 좋았다.

'아테나의 봉인 방패가 사라졌다고 했지……'

아까 신서진과 잠깐 만났을 때, 그에게 직접 들었던 소식이었다.

미국으로 떠나 한 몇 년은 정말 충실하게 작곡에만 집중했으니, 소식이 조금 느렸다.

아테네가 종적을 감추는 바람에 신스타그램이 난리 난 건 알고 있었지만.

그녀가 봉인된 방패를 훔쳐간 인간이 있다니.

예사 문제가 아니다.

더 이상 예전처럼 태평하게 좌시할 수 있는 사건이 아니라는 소리였다.

"내 선에서도 조금 알아봐야겠어."

헤르메스는 아직 힘을 회복하고 있는 중이다.

녀석에게 너무 과한 짐을 지워 줄 수는 없다.

아프로 비안체는 작곡가의 생을 그만둘 시점이 왔음을 직감했다.

지난 15년 간 써 온 가면이나, 막상 벗어던지려니 여간 섭섭한 것이 아니다.

"후우……"

아프로 비안체는 한숨을 내쉬며 고개를 돌렸다.

방 한 쪽이 넓은 유리창인 호텔 객실.

이곳에서 내려다보는 밤의 한강과 서울의 야경은 아름답다.

아프로 비안체는 룸서비스로 제공되는 와인을 음미하며 자리를 잡았다.

지금 작업하는 곡이 아마 아프로 비안체의 은퇴곡이 될 것이다.

이 곡을 끝으로, 다시금 조용한 은신 생활을 이어 갈 참이니.

그러니, 혼을 갈아 넣어 보자.

아프로 비안체는 가방에서 악보를 꺼내고는 펜대를 손에 쥐었다.

미디 작곡을 배웠음에도, 옛날 사람이라 그런지 구상은 종이 악보가 편하더라.

아직은 백지, 아무것도 쓰여 있지 않은 악보지를 내려다본다.

그러면서, 아프로 비안체는 한 사람의 얼굴을 떠올렸다.

영민한 두뇌에 짓궂은 눈웃음.

여느 때건 변함없이 얄미운 제 아우의 모습을 기억해 내면서.

"너를 위한 곡이다."

녀석에게 선사하기 위한 음악을 써 내려간다.


\*       \*       \*

풍덩—.

같은 시간, 신서진은 호텔 꼭대기의 수영장으로 이다영을 끌고 왔다.

물놀이는 귀찮다며 뻗대는 애를 막무가내로 데려온 이유는 하나였다.

"너무 침울한 표정인 거 아니야?"

아까 작곡가들과 시비가 붙은 뒤로 더 기가 죽었다.

이다영은 잔뜩 움츠린 어깨로 고개를 저었다.

거의 목이 어깨 안으로 파묻혀 들어갈 것만 같다.

"네가 자라냐? 허리 좀 펴."

"…거북목이야."

아무래도 현대인의 고질병에 걸린 듯하다.

신서진은 쯧쯧, 혀를 차면서 수영장을 둘러보았다.

SW 엔터가 통째로 빌린 공간이라, 마음만 먹으면 편히 놀 수 있다.

연예인이 된 뒤로 어딜 가든 자신을 알아보는 인간들이 많이 불편했는데. 프라이빗한 공간에 도착하니 기분은 좋다.

이런 곳에 와 본 적이 없는 신서진은 원래 이리 한가하거니, 하고 있었지만 말이다.

신서진은 이다영을 향해 고개를 까닥였다.

"뭐 해, 안 들어가고. 원래 작곡가들의 영감은 이런 데에서 떠오르는 거 아니야?"

"누가 그래?"

"아르키메데스가. 직접 만나서 해 준 얘기였는데."

"아르키… 메데스?"

설마, 그 유레카 외친 인간?

이다영은 떨떠름한 표정으로 중얼거렸다.

"그 사람은 작곡가가 아닌데……."

"어쨌든, 안 들어갈 거야?"

뚱한 표정을 보니 제 발로 들어갈 것 같진 않다.

신서진은 머리를 긁적이며 그런 이다영을 빤히 바라보았다.

"내가 들어가게 해 줄까?"

"응? 그게 무슨……!"

사실, 사람을 물에 들어가게 하는 방법은 어렵지 않다.

물가에 다가간 신서진은 입꼬리를 씨익 올렸고, 이다영을 향해 물을 뿌렸다.

촤아악—.

"으악!"

갑작스러운 물장난.

윗옷이 흠뻑 젖은 이다영은 미간을 찌푸리더니, 소리를 지르며 달려들었다.

"너어… 진짜… 진짜……."

촤아아악!

이번에는 이다영이다.

그리 소심한 녀석이, 당하고 있지만은 않겠다는 듯 악착같이 덤빈다.

첨벙!

신서진은 빠르게 수영장 안으로 대피했다.

촤아아악ー.

이젠 안에 들어가서 공격하기 시작한다. 다시금 흠뻑 젖은
이다영이 행복한 비명을 터뜨렸다.

"꺄아아악!"

"어차피 다 젖었네. 아예 들어와야겠는걸."

"으… 으……."

진짜 짜증나.

이다영은 부들거리면서 주먹을 세게 쥐었다.

유민하였으면 바로 주먹부터 날아갔겠지만, 유감스럽게도 이
다영은 화내는 일에 익숙지 않았다. 그저 가만히 서서 파르르
떨 뿐이었다.

하지만……

주먹질은 못해도 물에 들어가는 건 할 수 있지.

이다영은 양말을 휙휙 벗어 던졌다.

"딱 기다려. 잡을 거니까."

"어우, 환영하지."

ー라고 능청스레 말하던 신서진의 입이 다물어졌다.

촤아아악!

"커억!"

첨벙, 소리와 함께 수영장에 뛰어든 이다영.

두 손 가득 떠올린 물을 신서진의 얼굴에 끼얹어 버렸다.

*         *         *

혈기왕성한 물놀이는 그쯤에서 마무리되었다.

신서진의 체력이 먼저 떨어졌기 때문이었다.

다 늙어서 물놀이를 하려니 여간 기 빨리는 것이 아니다.

주변을 둘러보니, 수영장의 분위기를 즐기러 찾아온 작곡가들이 그새 늘었다.

복작복작한 수영장 구석에서, 두 사람은 평범한 음악 얘기를 하고 있었다. 이런 곳에서 악상이 떠오른다는 신서진의 말은 맞았다.

코러스만 얼추 생각났지, 벌스에선 줄곧 막혀 있었는데…….

"뼈대를 채울 방법이 생각난 것 같아!"

이다영은 환하게 웃으며 기분 좋게 외쳤다.

신서진은 다행이라는 듯, 고개를 살며시 끄덕여 주었다.

"뼈대를 채우면 금방이지. 오늘 본 그 인간들 콧대를 눌러 줘."

"내가?"

"못 할 건 또 뭐래."

신서진의 말에, 이다영은 잠시 골똘히 생각에 빠졌다.

못할 건 또 뭐람.

"그러네."

이다영은 배시시 웃으며 신서진의 말을 인정했다.

그러다가, 문득 할 말이 생각난 듯 발을 첨벙거리다가 입을 떼었다.

"아, 나 너한테 궁금한 거 있는데."

신서진은 그런 이다영을 물끄러미 돌아보았다.

"뭔데?"

"너… 아프로 비안체랑 무슨 얘기 했어?"

                    *              *              *

이다영은 신서진이 세상 돌아가는 것에 별 관심이 없다는 사실을 알았다.

눈앞에 국민 MC가 있어도 눈 하나 끔뻑 안 하던 녀석인데, 하물며 다른 나라 작곡가는 어떨까.

아까 아프로 비안체를 만났을 때, 심드렁했던 그 표정만 봐도 짐작할 수 있었다. 아무래도 신서진은 아프로 비안체가 어떤 사람인지 잘 모르는 눈치다.

그래서, 이다영은 아프로 비안체가 얼마나 대단한 사람인지 먼저 설명해 주기로 했다.

"네가 잘 몰라서 그렇지만… 그분은 정말 내 우상 같은 분이거든. 아마 여기 계신 다른 작곡가님들한테도 우상일 테고."

"으음. 열심히 살았네."

"…누가?"

"그 양반."

"……"

대단한 사람이라니까!

이다영은 신서진의 폭탄 발언을 행여 누가 들을까 봐서 목소리를 낮추었다.

"진짜 대단한 사람이야. 여기 다 그분 팬밖에 없을 텐데, 그렇게 말하면 돌 맞아."

"대단하지. 그러나, 사람은 아니지."

"대단한 분이라니까!"

"그래, 그래."

어차피 이다영이 궁금했던 건 그게 아닐 테니까.

신서진은 여전히 심드렁한 표정으로 손을 휘휘 저었다.

아프로 비안체와 어떤 식으로 친분이 있는지, 말해 줘 봐야 믿지도 않을 것이다.

제법 능청스러운 거짓말이 튀어나왔다.

"내가 마음에 든대."

"그… 그분이?"

"우리 곡을 들으셨나 봐. 유니티지의 'Fantasia'."

"허업!"

이다영은 제 입을 틀어막았다.

"진짜? 우리 곡을 들으셨대? 어디서? 언제 들으셨지?"

"너튜브로."

"와… 와… 그런 분도 우리 음악을 듣는구나. 너무 대단한데."

"네가 대단한 거지."

예나 지금이나, 신서진의 생각은 같다.

같은 반에서 오래 봐 온 사이라고, 그런 흔한 동정심으로 이다영을 같은 팀에 데려온 것이 아니다.

한성묵 팀장과 정면으로 부딪히면서까지, 이다영을 끌고 온 이유는 그 눈부신 재능 때문이었다.

애는 다 좋은데 자신감이 너무 부족하단 말이야.

신서진 성공시키기 프로젝트.

관심을 끌어모으기 위해 스스로 명명한 그 프로젝트에서.

이다영은 훌륭한 곡을 조달해 줘야 하는 핵심 인물이었다.

신서진은 진지한 얼굴로 말을 꺼냈다.

"곡이 막혔다고 했지."

"어? 으응……."

찰싹. 찰싹.

이다영은 죄 없는 물을 손바닥으로 내려치며 신서진의 말을 듣고 있었다.

"왜 막혔는지 알아?"

찰싹. 찰싹.

"글쎄……."

찰싹.

"조용히 좀 해 볼래?"

"……."

낭랑 십팔 세.

가만히 있는 법을 배우지 못한 듯하다.

신서진의 눈초리에, 이다영은 조용히 손을 내려놓았다.

이제야 조금 진지한 대화가 가능해졌다. 이다영은 두 눈을 굴리면서 신서진의 질문을 곱씹었다.

"왜… 막혔을까……."

기간은 일주일.

원래도 빠듯한 시간이긴 했지만, 미리 생각해 왔음에도 별다른 진척은 없었다.

아니, 솔직히 말해서.

2주 전의 작업 진도나, 지금의 작업 진도나. 거의 도긴개긴 수준이다.

"일주일 안에는 못 끝낼 거 같아."

실제로 뮤직캠프에 참석해서, 결과물을 못 만들고 놀다가 나가는 작곡가들도 많다.

놀고 먹고… 좋긴 한데.

이건 작곡가들의 자존심이 달린 문제다.

형편없는 곡을 쓸 수는 없고.

그렇다고 그냥 놀다가 나갈 수도 없고.

오늘 만난 그 작곡가들이 비웃을 것을 생각하면, 마음 한구석이 답답해진다.

신서진은 그 이유를 짧게 짚어 주었다.

"겁부터 내서 그래."

"겁부터……?"

"네가 말한 그 대단한, 아프로 비안체도 곡 쓰다 막힐 텐데. 너라고 안 막힐 리가 없잖아."

물론 음악의 신은 곡을 쓰다가 막히진 않겠지.

하지만, 그런 얘기는 이 상황에서 굳이 꺼낼 필요는 없다.

신서진은 담담한 목소리로 말을 이었다.

뱁새가 황새 따라가다가 가랑이 찢어진다고, 굳이 그 비교

대상이 아프로 비안체일 필요는 없잖아.

"아프로 비안체 앞에서 부끄럽지 않을 곡을 쓸 필요는 없어."

우상에게 잘 보이고 싶은 마음은 이해하지만, 그건 현실적으로 어려운 일이니까.

마음은 조금 편하게 먹어도 좋다.

"그러니까 편하게— 우승은 그 인간에게 내주고, 더 편하게— 2등 하면 되지 않을까?"

이다영은 신서진의 조언에 반사적으로 고개를 끄덕이다가 멈칫했다.

"편— 안하지?"

잠깐만.

뭔가 잘못됐는데.

"2등 하라고?"

이다영은 두 눈을 끔뻑이며 되물었다.

"전혀 안 편한데?"

이게 위로인지, 위압인지. 헷갈리는 조언이었다.

*　　　　*　　　　*

그렇게 뮤직캠프의 일주일이 흘렀다.

다시 모이게 된 호텔 강당 안.

오랜만에 보는 얼굴들이 곳곳에서 보였다.

재수 없는 낯짝의 두 작곡가도 있었다.

"결과를 만들어 낸 모양이야."

"그러게. 그러니까 여길 왔지."

두 사람이 참석했다는 사실 자체가 놀랍다는 듯 연신 탄성을 터뜨렸다.

나름의 도발 같았지만 별로 신경이 쓰이진 않았다.

신서진은 끌끌 혀를 차면서 귀를 후비적거렸다.

SW 엔터에서 준비한 소규모 행사들도 있었지만, 두 사람은 작업실에 틀어박혀 곡을 쓰느라 얼굴을 잘 비치지 않았다.

마침내 찾아온 비평회의 날.

또 벌벌 떨고 있을 줄 알았건만, 생각보다 얼굴이 훤했다.

처음에는 마음고생을 하는 듯하더니, 제 조언이 효과가 있었던 모양이다.

신서진은 이다영을 보며 흐뭇하게 웃었다.

"컨디션 어때?"

"어… 생각보다 괜찮아. 엄청 떨릴 줄 알았거든."

봐 봐.

못해도 2등만 하면 된다.

그거 되게 효과 있는 조언이라니까?

물론, 이다영은 아직 온전히 정신을 차리지는 못한 것 같다.

"…뒤에서 2등 하면 어쩌지."

신서진은 이다영 혼자 중얼거리는 말을 대충 흘려들었다.

두 사람이 함께 준비한 곡은 'Beautiful Feeling'.

뼈대는 거의 이다영이 세웠고, 거기에 신서진의 의견이 더해졌다.

떨리진 않는다곤 했지만, 막상 평가받으려니 긴장이 되기는 하는지.

이다영은 턱을 쓸어내리며 웅얼거렸다.

"먼지떨이로 맞듯이 탈탈 털리진 않겠지?"

"조금 얻어맞긴 하겠지만……."

너무 상심하진 말라는 말을 하려던 찰나.

또각또각.

강당 내부가 조용해졌다.

뮤직 캠프 첫날 이후로, 꼬박 일주일 만에 다시 보는 얼굴.

이한나 이사였다.

"안녕하세요, 오랜만에 뵙네요."

마침내 비평회에 참석한 작곡가 모두가 착석했다.

비평회의 순서는 미리 고지한 대로, 선감상 후평가. 원형 테이블에 모여 앉아 살벌한 비평이 이어질 예정이지만…….

일단은 듣는 게 먼저다.

"바로 시작하죠. 여러분들의 소중한 곡, 모두 귀 기울여 들어 주시길 바랍니다."

이한나 이사는 미소와 함께 비평회의 시작을 알렸다.

*             *             *

모든 곡의 주인은 철저히 익명.

유명세에 따라 표가 좌우되는 불상사를 막기 위함이었다.

아무래도 우상인 작곡가에게는 표를 던지기가 쉬워질 테니까.

하지만, 작곡가들 중 그 누구도 그걸 염두에 두고 있진 않았다.

'어차피 틀면 다 티가 날걸?'

첫 소절만 들어도, 작곡가가 누군지 알 수 있을 것이다. 작곡가들은 저마다 확고한 스타일이 있으니까.

강당 안 스피커로 첫 곡이 흘러나왔다.

이다영은 숨을 들이쉬며 곡에 집중했다.

펑키한 리듬을 살려 낸 힙합 베이스의 첫 곡. 전에 에이틴이 공연했던 'future and past'와 비슷한 분위기의 노래였다.

이다영은 신서진의 귀에 대고 속삭였다.

"이거 그분 곡 같아."

그분 곡이라면······.

설마.

〈Future and past〉. 그 곡의 작곡가인 차상현도 이번 뮤직 캠프에 참석했다고 들었다. 저편을 돌아보니 차상현이 헛기침을 큼큼, 하고 있었다.

"와··· 진짜 티가 나는구만."

그다음으로 이어지는 두 번째 곡.

"아, 이건 누군지 모르겠다······."

발라드는 별로 안 들어 봤다며, 이다영은 머리를 긁적였다. 하지만, 오히려 신서진은 알 것 같았다.

"정명한."

"응?"

"그 인간 맞는 거 같은데."

첫날에 열받아서 그 인간 곡 좀 들어 봤다. 인성이 터진 것과 비례해 실력도 형편없을 줄 알았는데, 의외로 곡은 잘 쓰더라.

"아……."

이다영은 천천히 고개를 끄덕였다.

딱 한 번 들어 본 적 있는 정명한의 곡.

"네 말 듣고 생각해 보니 맞는 것 같아."

"그렇지?"

"…되게 예리한데."

이다영은 웃으면서 엄지손가락을 치켜세웠다.

그다음으로는, 세 번째 곡이 흘러나온다.

"어?"

"어……?"

익명의 작곡가.

접수된 곡의 타이틀은 〈Live on air〉.

감각적인 신시사이저 음이 첫 소절부터 튀어나온다.

심장을 뛰게 만드는 비트.

동시에, 강당 곳곳에서 탄성이 터져 나왔다.

"미친."

"이건… 뭐야?"

'좋은 곡'의 역치가 높은 작곡가들이다. 쉽게 말해서, 다들 하나같이 눈이 더럽게 높은 양반들이다.

그런데.

이 곡은 신서진조차 감탄이 튀어나왔다.

"와……."

분명 파워풀한 곡인데 섬세하기도 하다.

마치 한 편의 감각적인 시를 귓가에 대고 속삭이는 듯한 느낌.

정식 발매된 곡도 아니고, 일주일 동안 급조해 낸 샘플 가이드일 뿐이다.

신서진이 미루어 짐작해 봤을 때, 미리 준비해 온 곡도 아닐 것이다.

정말 지난 일주일 동안 즉석에서 썼겠지.

그래서, 더 놀랍다.

"이게 음악의 신이구나……."

"너도 그렇게 생각해?"

이다영은 황홀한 표정으로 중얼거렸다. 경쟁과 비평을 떠나서, 이런 곡을 제일 먼저 들을 수 있음에 감사하다.

이런 곡을 만들어 낼 작곡가.

애초에 한 명밖에 없지 않나.

아프로 비안체.

"역시 내 우상."

이다영은 두 눈을 지그시 감았다.

\*            \*            \*

접수된 곡은 총 스무 곡.

하나씩 전부 듣는 데만 한 시간이 넘게 걸렸다.

감상이 끝난 뒤에, 작곡가들은 원형 테이블에 앉았다.

한 테이블에 일곱 명씩.

'여기서 또 만나네.'

매니저들이 안내해 주는 대로 앉았을 뿐인데, 건너편에 썩 반갑지 않은 얼굴이 있다.

저번에 말싸움을 했던 정명한 작곡가였다.

정말 이번 행사의 먹살잡이가 나타난다면 그게 제 얘기가 될지도 모르겠다고, 신서진은 그렇게 생각했다.

저 재수 없는 낯짝을 보면 정말 한 대 치고 싶단 말이야.

"흐음… 용케 곡을 제출은 했어."

"칭찬 감사합니다."

"……."

신서진은 우물쭈물하게 서 있는 이다영을 향해 손짓했다.

"앉자."

이다영은 쭈뼛거리며 앉았다.

그래도 전처럼 기죽은 얼굴은 아니었다. 오히려 그보다는…….

"왜 또 만났지……."

그냥 싫어하는 듯하다.

전에는 여기 있는 작곡가들 모두가 우상이라더니, 뮤직캠프가 애의 환상을 다 깨 놓았다.

조용한 원형 테이블.

먼저 입을 뗀 것은 정명한이었다.

"간단히 비평을 나누어 볼까요? 적어서 제출해야 하니까."

스무 명이 전부 동시에 대화를 할 수는 없으니, 의견을 취합해서 적어 내면 된다.

정명한은 펜을 손으로 돌리면서 신서진을 똑바로 응시했다.

"스무 곡 전부 제가 듣기에는 훌륭했습니다. 다들 미리 준비해 오신 거 아닌가 싶을 정도로."

"허허."

"그래서… 다들 그 스무 곡 중 무슨 곡을 쓰신 걸까 궁금하긴 한데……."

그냥 대놓고 말해라.

우리가 쓴 곡이 궁금하다고.

정명한은 능구렁이처럼 웃으면서 화제를 돌렸다.

"규정상 익명이니까 나중에 알아보는 걸로 하죠."

"아이, 물론이죠."

"그래서, 다들 어떤 곡이 좋았어요?"

얼굴이 길쭉하니 말처럼 생긴 남자가 먼저 입을 뗐다.

"저는 3번, 4번이었습니다. 초반 곡들 중에 괜찮은 곡이 많던데요."

"저는 3번, 6번?"

이번에는 그 옆에 앉은 여자가 의견을 내었고, 정명한은 웃으며 동의했다.

"저도 3번, 6번입니다."

"6번 좋던데요."

"저도 그랬습니다."

작곡가들의 대화를 들으면서, 어쩐지 이다영의 얼굴이 발그레해진다.

그 이유를 알고 있는 신서진은 속으로 쿡쿡 웃었다.

생각보다 꽤 많이 언급되는 번호.

'인기 좋은데?'

우리가 6번이었으니까.


*　　　　*　　　　*


작곡가들의 스타일은 지문이다.

때문에 몇몇 곡들의 주인을 추측하는 건 어렵지 않았다.

정명한은 턱을 쓸어내리며 말을 꺼냈다.

"제 추측인데, 3번은 아프로 비안체 같지 않나요."

"…아마 모두가 그렇게 생각할 걸요?"

푸흡, 여자는 웃으면서 그리 말했다.

"아프로 비안체의 색깔이 너무 잘 묻어 있어요. 괜히 팬덤 있는 작곡가가 아니다 싶게, 정말 매력적이던데요."

첫 소절을 듣자마자 홀랑 넘어가 버릴 뻔했다고, 그녀는 덧붙였다.

쭈뼛거리던 이다영도 주먹을 세게 쥐었다.

"제 마음속의 1등이에요."

"인정할 만한 곡이었습니다."

"제가 봐도 3번은 흠잡을 구석이 없더군요."

모두의 예상대로 아프로 비안체의 곡이 무난히 1위를 차지할 것 같았다.

이 테이블에도 이견이 없을 정도니까, 결과는 확정이겠지.

그때, 말 상의 남자 작곡가가 턱을 괴고선 물었다.

"근데, 우승이면 무조건 타이틀곡으로 들어가잖아요."

"그렇죠."

"누구 주려고 쓴 곡 같아요?"

정명한 작곡가는 그의 한마디에 두 눈을 끔뻑였다.

뜬금없는 질문이긴 했지만, 아마 모두들 궁금했을 것이다.

이 대단한 곡을 가져가게 될 축복받은 아티스트.

아마 SW 엔터의 아이돌일 가능성이 높아 보이는데…… 대형 기획사답게 후보가 여럿 떠오르는 탓이다.

"글쎄. 저는 잘 모르겠는데……."

정명한은 그렇게 중얼거리면서도 신서진을 째려보았다.

비평회 시작 시점부터 지금까지 태평하게 앉아 있는 저 녀석.

입가에 기분 나쁜 미소가 걸려 있다.

'하.'

재수 없는데.

왠지 저 녀석 쓰라고 만든 곡 같다는 느낌이 든단 말이지.

유니티지의 타이틀곡 'Fantasia'와 궤를 비슷하게 갈뿐더러, 자신이 알고 있는 신서진의 이미지와도 비슷한 분위기의 곡이었다.

특히 통통 튀는 곡 속의 저 얄미운 포인트가.

고작 데뷔한 지 한 달 된 신인이 아프로 비안체의 곡을 받을 수 있는 천운의 기회.

만약 그게 현실이 된다면……

'잘 보였네, 잘 보였어.'

뭘 어떻게 한 건지 모르겠는데, 아프로 비안체에게 잘 보인 건 확실한 모양이었다.

대체 뭐 때문이지?

저런 건방진 것이 뭐가 예쁘다고.

정명한은 인상을 찡그리며 화제를 돌렸다.

"개인적으로 5번도 괜찮았는데, 아마 용찬이 형일 겁니다."

"어, 그분이 말씀하셨어요?"

"아뇨, 익명이니까요."

살짝 난해한 면이 있는 곡이었다.

호불호가 갈릴 만한 스타일인데, 좋아하는 사람은 되게 좋아하는 황용찬의 스타일.

정명한은 어깨를 으쓱이며 말을 덧붙였다.

"느낌이 그렇잖아요. 그 형이랑 한두 번 작업해 보는 것도 아니고."

"저도 그분 맞는 것 같다고 생각했습니다."

그래, 대화를 나누다 보면 대부분 저런 식으로 윤곽이 나온다.

어쩌다 보니 비평이 아니라, 원곡자 추측 시간으로 변질되어 가는 느낌이 들긴 하는데……

정명한은 관자놀이를 꾹꾹 누르며 말했다.

"그런데, 6번은 누가 쓴 곡인지 도무지 모르겠습니다."

이 원형 테이블에서, 무려 세 사람이나 입에 올린 곡.

정명한뿐만 아니라 이 자리의 누구도 작곡자를 추측하지 못하고 있었다.

"되게 신선한 느낌이라고 해야 할까요."

"네. 저도 많이 들어 보지 못한 스타일이던데요."

"굳이… 굳이… 꼽아 보자면……."

유니티지의 데뷔곡 'Fantasia'의 감성에 맞긴 했다.

하지만, 그 작곡가는 이번 뮤직캠프에 참석하지 않은 걸로 아는데.

"짐작 가는 사람이 있으신가요?"

"아, 아닙니다."

정명한은 손사래를 치며 웃음을 흘렸다.

그러다가, 여전히 태연하게 앉아 있는 신서진을 돌아보았다.

처음에 몇 마디 하고 나선 꿀 먹은 벙어리처럼 가만히 앉아만 있다.

'쟤는 놀러 왔어?'

이유는 모르겠는데, 괜히 저 얼굴만 보면 시비가 걸고 싶어지는 기분이다.

"저기, 신서진 씨."

"네?"

"6번 어떤 거 같아요?"

"6번……?"

신서진은 정명한의 질문에 입꼬리를 씨익 올렸다.

"제 마음의 1등이랄까요."

한번 별로인 놈은 끝까지 그렇다더니.

저 능글맞은 답변조차 마음에 들지 않았다.


*   *   *


비평회가 끝이 나고, 마지막 결과 발표만을 앞두고 있었다.

"후우… 후우……."

이다영은 거친 숨을 몰아쉬며 양 뺨에 손을 가져다 대었다.

얼마나 후끈후끈 달아올랐는지, 손이 차갑게 느껴질 정도였
다.

"안 떨린다는 말 취소야."

막상 결과를 보려니까 떨린다.

뒤에서 2등. 뭐, 그런 처참한 순위만 피했으면 좋겠는데…….

신서진이 은근하게 물어 왔다.

"몇 등 할 것 같은데?"

"그렇게 높은 순위를 바라진 않는데……."

이다영은 말끝을 흐렸다.

"16등……?"

"우리 솔직하게 가자."

"큼큼."

사실 머릿속으로 이다영이 생각하고 있던 숫자는 따로 있었
다.

그래, 아무리 낮게 생각했다지만 16등은 왠지 목표로 잡기

에는 애매한 숫자니까.

날고 기는 작곡가들.

애초에 여기에 곡을 냈다는 것 자체가 감사한 경험이었지만, 그래도 사람인데. 괜한 희망을 갖게 되는 것이다.

내가 저렇게 대단한 분들 사이에 끼어서… 딱 절반.

10등 안에만 들 수 있다면?

그렇게 짜릿할 일이 없을 테지.

이다영은 결연한 표정으로 말을 뱉었다.

"솔직히 딱 10등."

"딱 10등?"

"그 안에 들면 소원이 없을 것 같아."

이것도 원래 말도 안 되는 소리임에 틀림없었다.

여기가 무슨 서울예고 작곡반도 아니고. 아니, 애초에 서울예고 작곡반에서 절반 안에 드는 것도 대단한 것일 텐데.

이곳에는 프로들뿐이다.

그냥 프로도 아니고, 다들 이름만 들어도 아는, 한가락하는 인간들.

절반?

말이 쉽지.

바닥을 기지 않으면 다행이다.

그렇지만…….

꿈은 높을 수록 좋잖아.

이다영은 설렘 가득한 표정으로 미소를 떠웠다.

'그러니까 편하게—우승은 그 인간에게 내주고, 더 편하게— 2등

하면 되지 않을까?'

그때 신서진이 주장했던 개소리.

2등은 당연히 상상조차 안 하지만.

그 편—한 마음가짐. 한번 가져 보기로 했다.

원래 이런 건 기대하면 실망뿐인데.

"10등… 꼭 들고 싶어."

이다영은 주먹을 꽉 쥐었다.

*　　　*　　　*

원형 테이블.

그 중앙에 앉은 아프로 비안체는 여러 작곡가들에게 둘러싸여 있었다.

마음 같아서는 혼자 편안하게 결과 발표를 듣고 싶었으나.

예나 지금이나 인간들은 자신을 가만히 두지 않는다.

"작곡가님이 3번이시죠?"

"압도적인 곡이었습니다. 정말 인상 깊게 들었습니다."

"유… 베리 굿!"

차라리 영어를 잘하기나 하면 다행인데, 되도 않는 발음으로 따봉을 날리고 가는 인간들도 있었다.

쯧쯧.

여기서 갑자기 한국말이 튀어나오면 기겁하겠지?

'놀래켜 주고 싶군.'

자꾸만 나쁜 마음이 꾸물꾸물 올라오고 있다.

아프로 비안체는 답답했지만 잠시 참기로 마음먹었다.

음악의 신.

저들이 자신을 부르는 호칭이 틀린 말은 아니지만…….

여기 작곡가들은 아프로 비안체의 의견을 진리로 여기는 경향이 있었다.

그에게 곡을 꿰뚫어 보는 혜안이 있다고 굳게 믿고 있다.

"우승이야 당연히 아프로 비안체 님이고, 그렇다면 2등! 2등은 무슨 곡이 될 것 같습니까?"

누군가가 던진 질문에, 빤한 시선이 따라 붙는다.

깜빡깜빡.

두 눈을 빛내는 부담스러운 눈길들.

아프로 비안체는 피식 웃음을 터뜨렸다.

우승.

그래, 우승은 제 몫이 맞겠지.

하지만, 저들이 궁금한 것은 아프로 비안체의 뒤를 이을 새 세대의 작곡가.

아프로 비안체의 칭찬을 들을 자가 누구인지 알고 싶은 것이다.

꿀꺽.

다들 침을 삼키며 제 대답을 기다린다.

잠시 뜸을 들이던 아프로 비안체의 입술이 벌어졌다.

이건, 이건 정말로 사적인 감정이 담겨서가 아니다.

"6번이겠군."

"넘버 씩스?"

"역시 듣는 귀가 뛰어나십니다. 저도 6번이라고 생각했습니다!"

"그래, 봐 봐. 내 말이 맞지. 6번이라니까?"

듣자마자 녀석의 느낌을 받았다.

아프로 비안체는 저쪽 테이블에 손을 꼼지락거리고 있는 신서진을 돌아보았다.

저 태연한 웃음.

아마 저도 자기네가 2등을 할 것을 알고 있을지도.

"이유를 여쭤 봐도 되겠습니까?"

한 남자가 제게 물었다.

아프로 비안체를 천천히 턱을 쓸어내리다가 웃었다.

"그야… 신선하니까."

노래 자체가 신선하다는 소리는 아니다.

신선하다는 건 때론 대중들에게 먹히지 않는다는 소리이기도 하니.

우리는 곡을 만드는 작곡가지, 이걸로 예술을 하는 게 아니다.

"느낌이 신선해."

그런 면에서 모두들 아프로 비안체의 의중을 이해했다.

곡이 신선한 게 아니라 스타일이 신선하다.

이전에 들어 본 적 없는 작곡가의 스타일.

그것이 이 자리에 있는 작곡가들에게 매력적으로 다가왔을 거라고.

아프로 비안체는 그렇게 분석했다.

공감하는 이들이 있는지 진지한 얼굴로 고개를 끄덕인다.

"확실히 그렇네요."

"어찌 되었건……. 결과는 까 봐야 알겠죠?"

아프로 비안체는 입가에 흐뭇한 미소를 띄워 올렸고.

그때. 이한나 이사가 다시 강당 위로 올라섰다.

마침내 결과 발표의 시간이었다.

이한나 이사는 마이크에 입을 가져다 대었다.

웅웅―.

울리는 듯한 기계음이 퍼졌다가, 이내 그녀의 목소리가 고르게 되었다.

이한나 이사는 까랑까랑한 목소리로 말을 뱉었다.

"결과 발표하도록 하겠습니다."

웅성대던 강당이 이내 다시 조용해졌다.

"결과 나온다."

"2등이 누굴까?"

"그러게. 누구려나?"

모든 이의 관심이 이한나 이사를 향한다. 그녀의 손에 들린 결과.

우승자를 궁금해하는 것이 아니다.

우승자는 어차피.

"3번 곡이 가장 많은 표를 받았습니다."

"와아아아아!"

"작곡가님은… 아프로 비안체 님."

모두가 예상했다는 반응.

비안체가 비안체 했다.

거장의 건재함을 증명하는 캠프가 다름없었다고, 모두가 입을 모아 말한다.

굳이 1등부터 발표한 데에도 그 이유가 있을 것이다.

1등?

어차피 비안체잖아.

아프로 비안체는 뜨거운 환호성에 감사하다는 듯 고개를 꾸벅여 보였다.

"역시……."

"대단해. 한 몇십 년 더 하셔도 감 안 떨어질 분이야."

잠시 시끄러워졌던 강당은 다시 조용해졌다.

1등? 안 궁금하다.

2등.

어차피 여기 모두가 궁금해하는 건 그다음 순위다.

"2등은 누굽니까!"

저편에서 한 남자의 목소리가 울려 퍼졌다. 목소리의 주인공은 황용찬 작곡가였다.

얼굴이 벌겋게 달아오른 걸 보니 적잖이 흥분했다.

"2등 누구죠?"

"아이, 이건 2등부터 발표했었어야지."

대단한 작곡가들만 모인 뮤직캠프.

그 2등이 누구일지, 모두가 주목할 수밖에.

이한나 이사는 웃으면서 결과지를 꺼내었다.

"네, 말씀드리겠습니다."

그렇게 확인한 결과지.

이한나 이사는 그 안에 적힌 이름을 보고는 두 눈을 크게 떴다.

어……?

저도 모르게 떨리는 목소리가 흘러나왔다.

"2등은… 6번 곡입니다."

곧바로 탄성이 터져 나온다.

"6번, 6번일 줄 알았다니까!"

아프로 비안체는 웃음을 흘렸고, 그의 옆에서 아부하던 작곡가들은 그 틈을 놓치지 않았다.

"역시 선구안이 대단하십니다."

"저도 의견이 같았습니다, 작곡가님."

허허.

아프로 비안체는 입을 여는 대신 그저 웃어넘길 뿐이다.

하지만, 그들은 몰랐겠지.

6번을 누가 썼는지 말이다.

"이다영, 신서진 작곡가님. 축하드립니다."

이한나 이사의 한마디에, 강당이 조용해졌다.

\*　　　　\*　　　　\*

비평회가 끝나자마자, 여러 작곡가들이 따라붙었다.

잠깐만 시간을 내 달라면서, 정명한은 거절도 잘 못하는 이다영의 팔을 붙들었다.

이 자리에 있던 모든 작곡가들에게 오늘 일은 충격이었을 것이다.

이 쟁쟁한 인간들을 전부 제치고.

어디서 굴러 들어온 건지 모를 웬 아이돌이 2등을 차지했으니까.

그것도 그 대단한 아프로 비안체 다음이다.

아프로 비안체가 없었다면 우승을 차지했을 테지.

정명한은 한숨을 푹 내쉬더니 머리를 쓸어 넘겼다.

"6번이 정말 너네가 쓴 거라고?"

이한나 이사가 대놓고 확정을 했는데 설마 거짓말일까.

신서진은 뚱한 표정으로 고개를 끄덕였다.

"하."

정명한을 믿을 수 없다는 듯 짧게 탄성을 터뜨렸다.

아까 원탁 회의 시간에, 정명한이 좋다고 꼽았던 곡이 바로 아프로 비안체의 3번 곡과, 신서진 이다영의 6번 곡이었다.

자신이 호평한 곡이, 그렇게 무시했던 어린 작곡가들이 만든 곡이라니.

아무래도 당장 현실을 받아들이기에는 어려움이 있어 보였다.

이다영은 두 손을 꼼지락거리며 입을 열었다.

"저희가 만든 곡 맞아요."

"너네가 만든 거다. 그래, 너네 그게 무슨 의미인지 아냐? 2등 곡이면 앨범에 실리는 거야. 너네가 만든 곡! 앨범에 들어간다고."

1등 곡만 앨범에 들어가는 게 아니다.

어느 가수한테 갈지는 몰라도, 이번 곡 또한 어떻게든 세상의 빛을 보게 될 것이다.

이 대단한 작곡가들을 다 제치고, 당당히 앨범에 곡을 올릴 수 있게 되다니.

이다영은 발그레해진 얼굴로 웃었다.

"영광이라고 생각해요."

"영광?"

"네."

그 한마디에, 정명한은 헛웃음을 터뜨렸다.

영광이다.

그 말 하나로 압축될 만한 상황이 아니다.

당장 행복한 비명을 내지르고 호텔 밖으로 뛰쳐나가도 전혀 이상하지 않을 상황이지.

그런데, 저 두 녀석들은 아니었다.

어쩐히 맹한 표정으로 서 있는 신서진과, 살짝 들뜬 듯 어깨를 움찔거리고 있는 이다영. 지나치게 호들갑을 떨지도, 그렇다고 자랑을 늘어놓지도 않는다.

그래서일까.

절대 평범하지 않은 아우라가 느껴졌다.

"너네 몇 살이냐?"

정명한은 이다영을 바라보며 물었다. 특별히 위압감이 느껴지진 않는 목소리였다.

이다영은 두 눈을 굴리며 정명한의 물음에 대답했다.

"열여덟 살⋯⋯."

"대단하네."

정명한은 헛기침을 하며 고개를 숙였다.

꼬박 일주일. 유니티지의 두 멤버를 본 시간이었다.

솔직히 말해서 좋은 첫인상으로 만난 사이는 아니지만⋯⋯.

그 실력만큼은 인정한다.

대단한 녀석들이다.

"또 볼 일 있겠다."

정명한은 피식 웃으며 중얼거렸다.


＊　　　　＊　　　　＊


"뮤직캠프 2위, 갓 작곡가님들이 오셨습니다!"

"와아아아악!"

일주일 만에 복귀한 연습실이 요란하다.

최성훈은 제자리에서 폴짝거리며 확성기를 꺼내 들었다.

도대체 어디서 난 건지 알 수 없는 소품이다.

신서진은 열렬한 환영에 미간을 찌푸렸다.

다른 건 다 그렇다 치고.

레드카펫까지?

정확히는 빨간 부직포로 깔아 놓은 레드카펫이었지만.

연습은 안 하고 이걸 정성 들여 준비했을 생각을 하니 어지러워지는 것이다.

같은 멤버들이지만⋯⋯. 어디 내놓기가 좀 그래.

이다영은 부끄럽다는 듯 양손으로 귀를 막았다.

"으아······."

"그렇게 좋았어? 얼굴이 빨개진 거 보니까, 어마어마하게 재 밌었나 본데?"

"쪽팔려서 그래······."

놀랍게도 이 모든 거에 고선재 매니저의 컨펌이 있었다.

본인이 더 들떠서 같이 준비했다는데.

아니나 다를까. 저편에서 갑자기 튀어나왔다.

"축하한다, 얘들아!"

고선재 매니저는 커다란 케이크를 양손에 들고 우렁차게 외 쳤다.

SW 엔터의 연례행사인 뮤직캠프에서 신인그룹 유니티지가 뜻밖의 성과를 내었다.

그것도 전문 분야도 아닌 작곡으로.

"팀장님이 진짜 좋아하시더라. 어제 찾아뵈었는데 어깨가 거의 두 배로 솟아 있던데?"

"진짜요? 팀장님이요?"

"어어, 그렇다니까?"

"가만 보면 특이한 인간이야······."

마주치기만 하면 툴툴거리면서 뒤에선 저러고 있다.

신서진은 이해할 수 없다는 듯 혀를 내두르며 자리에 앉았 다.

사실 지금 한성묵 팀장이 중요한 게 아니다.

이미 신서진의 시선은 아이스크림 케이크에 고정되어 있었다.

여러 가지 맛이 섞여 있는 것이, 신서진이 가장 좋아하는 케이크였다.

침을 삼키던 신서진은 가장 먼저 포크를 들었다.

유민하가 눈치를 주며 신서진의 옆구리를 쿡쿡 찔렀다.

"연장자 순이지."

"…그럼 난데?"

왠지 억울해진다.

신서진은 두 눈을 굴리다가 고선재 매니저에게 첫입을 양보했다.

몹시도 떨떠름한 표정이었다.

고선재 매니저는 웃음을 터뜨리며 손사래를 쳤다.

"됐다, 너네 먹으라고 사 온 거야."

고선재 매니저의 허락이 떨어지자, 신서진은 양손에 숟가락을 쥐었다.

반짝이는 눈빛을 보아하니 케이크에 이미 눈이 돌아갔다.

"자, 먹어라."

스윽. 스윽.

케이크를 자른 최성훈은 한 조각을 떠서 신서진의 접시에 올려 주었다.

그러면서 은근슬쩍 물음을 던졌다.

"그래서 두 사람 협업곡이 앨범 수록곡으로 들어갈 예정이래?"

어.

고개를 저은 것은 이다영이었다.

"아니."

"어, 왜 아니야? 무슨 문제라도 있나?"

최성훈은 이해가 안 된다는 듯 되물었다.

이다영은 아이스크림을 숟가락으로 푹 찌르면서 입을 뗐다.

살짝 들뜬 듯 상기된 목소리였다.

앨범 수록곡으로 들어가는 게 아니다.

사실은…….

"타이틀곡이야……."

"타, 타이틀곡?"

이다영의 입이 내내 귀에 걸려 있었던 이유였다.

"이사님이 여자 키에 더 어울릴 것 같다고 판단하셔서, 유니지 앨범 타이틀곡으로 들어간다고 하셨어."

"와, 미친. 그게, 그게 진짜야?"

"꺄아아아악!"

서하린은 냅다 비명을 내지르며 자리에서 벌떡 일어섰다.

"진짜 니들이 만든 곡으로 우리가 무대에 서는 거야?"

"으응. 그렇다는데."

"야아, 진짜로 축하한다."

그렇게 들어가기 힘들다는 타이틀곡에 이름을 올리게 되었다.

이다영은 수줍은 듯 고개를 살며시 저었다.

"아냐, 아직 막… 확정까진 아닌데……. 일단 말씀은 그렇게 해 주신 거지."

"경사네. 내가 그쪽을 뭘 잘 모르긴 해도, 신인 작곡가가 타이틀곡으로 데뷔하는 거, 그게 쉬울 리가 없잖아. 대단한 거야."

이유승은 엄지손가락을 치켜올리며 기분 좋게 웃었다.

벌써부터 타이틀곡이니, 수록곡이니 얘기가 나오는 것만 봐도 컴백이 가까워지고 있다는 방증이었다.

이번에는 유닛별 활동이라고 들었는데, 유니비가 2개월 먼저 컴백할 계획이었다.

그리고, 그 타이틀곡이…….

"아, 맞다."

고선재 매니저는 신서진을 향해 말을 툭 던졌다.

이건 조금 더 놀라운 소식이었다.

"아프로 비안체의 뜻에 따라 너네 이번 신곡으로 들어갈 거야."

"헤에에엑……?"

"저희 곡이요?"

뮤직캠프 1등 곡이 앨범 타이틀곡으로 들어가는 건 확정인데, 그것은 전적으로 해당 작곡가의 뜻에 따라 결정된다. SW 엔터에서 반대 의견은 낼 수 있겠지만 1차적인 절차는 일단 그러했다.

대형 기획사인 SW 엔터. 날고 기는 아티스트가 한둘이 아니다.

이미 성공 가도를 달리고 있는 다른 아이돌 그룹이 많았을 텐데, 데뷔한 지 1년도 안 된 신인 유니비에게 이 곡을 주겠다고 말한 사람이, 다른 누구도 아니고 아프로 비안체였다.

최성훈은 믿을 수 없다는 듯 발을 쾅쾅 굴렀다.

입을 틀어막고선 소리 없는 비명을 내지른다.

좋아 죽을 것 같은 표정이었다.

하지만, 여기에는 또 다른 비하인드가 하나 있었는데…….

고선재 매니저는 신서진을 스윽 돌아보며 말했다.

"그 자리에서 아프로 비안체가 서진이를 엄청 마음에 들어한 것 같던데. 심지어 처음에는 그 곡을 네 솔로곡으로 내고싶어 했어. 알고 있었어?"

"제… 솔로곡이요?"

그 주책맞은 인간.

아, 인간이 아니지.

신서진은 떨떠름한 표정으로 고개를 저었다.

옆에서 탄성을 터뜨린 것은 최성훈이었다.

"뭐야, 아프로 비안체가 점찍은 연예인. 이제는… 해외 진출하는 거야?"

"……"

"콩고물 좀 떨어지려나? 야, 유민하. 어떻게 생각해?"

쿡쿡쿡.

최성훈이 유민하의 옆구리를 찌르자, 유민하는 혀를 끌끌찼다.

"제발 호들갑 좀 떨지 말아라…….."

하지만, 최성훈의 호들갑과는 별개로, 유민하의 두 눈은 반짝 빛나고 있었다.

"너 정말 잘 보였나 봐. 이번 활동 진짜 제대로 해 봐. 이거 기회잖아! 혹시… 알아? 다음 곡도 주실지?"

"얌마, 김칫국을 너무 마셔 댄다."

"왜 왜, 맞잖아!"

한시은도 유민하의 말에 공감하는 눈치였다.

곡은 이미 나왔고, 유니비가 먼저 컴백할 예정.

"너네도 이제 슬슬 준비해야겠네."

다시 바빠질 때가 왔다.

＊ ＊ ＊

햇살이 잘 들어오지 않는 반지하의 방.

남이준은 창가에 앉아 손톱을 물어뜯고 있었다.

까득. 까득.

쉽사리 해소되지 않는 불안함.

남이준은 떨리는 손으로 컵을 그러쥐었다. 찬물로 속을 달랬지만 별 도움은 되지 않았다.

그의 시선이 원룸 구석을 향한다.

장롱 옆에 덩그러니 놓여 있는 이질적인 물건.

잔뜩 녹이 슨 방패였다.

후들후들.

저 방패를 볼 때마다 마음 한편이 서늘해지는 것이다.

"시발."

남이준은 나직이 욕지거리를 내뱉었다.

강제로 끌어안은 물건이지만, 저 방패의 정체를 알고 있다.

"아테나를 봉인한 방패라고? 시발, 저딴 거를 왜… 왜 나한테 맡기는 건데?"

어째 요즘 꿈자리가 뒤숭숭하다 했다.

잠깐 잠이라도 들면 누가 제 목을 조르는 듯한 착각이 들어서, 잠도 제대로 자지 못했다.

남이준은 퀭한 두 눈으로 한숨을 푹푹 내쉬었다.

처음에는 말도 안 되는 말이라며 부정했는데, 신서진이 했던 말이 자꾸만 귓가에서 맴돌았다.

곧 죽을 놈이라 건드리지 않겠다고 했던가.

"하아……."

거울을 돌아보니 정말 곧 죽을 것처럼 창백한 얼굴이 눈에 들어온다.

분노한 아테나에게 목이 졸려 죽든, 이 짓거리를 하다가 걸려서 다른 신들에게 죽든. 어떤 방식으로든 최후를 맞이하게 될 거라는 불안감이 들었다.

그래서, 그 죽음을 피해 보고자 유니티지의 팬 미팅을 찾아갔다.

저 저주받은 방패를 녀석에게 넘겨주고 싶었다.

아니, 최소한 그럴 기회라도 만들어 보고 싶었다.

하지만, 남이준에게는 보다 현실적인 위협이 남아 있었다.

방패의 저주?

괜한 죄책감이 들 뿐이지, 사실 아테나는 저 상태로 자신을 해하지 못한다.

신서진의 분노?

녀석은 노래 부르느라 정신이 없을 것이다.

하지만… 하지만!

"형이 나를 죽여 버릴 거야."

이미 미쳐 버린 그 인간을 막을 방법이란 없다.

이 방패를 넘겨준다면, 동생이고 뭐고. 필시 자신을 죽일 거라고.

남이준은 그렇게 판단했다.

그게 두려워서 결국 방패를 건네주는 걸 포기하고, 그 자리를 도망치듯 빠져나왔다.

형이라.

"애초에 동생도 아니지……."

피가 반만 섞였을 뿐, 평범한 인간인 자신과는 차원이 다른 존재다.

남이준은 실소를 터뜨리며 방패를 노려보았다.

우애 넘치는 형제지간은 아니었어도, 남들처럼. 그렇게 평범한 형제 사이였던 때가 있었다.

저 방패가, 그 모든 것을 망쳐 버렸다.

"개자식들……."

누구를 원망하는지, 그 방향도 잃어버렸지만.

남이준은 창가를 돌아보며 나지막이 중얼거렸다.

결코 예전으로 돌아갈 수 없으리라는 걸.

이제는 어렴풋이 알고 있었다.

*　　　　*　　　　*

　한편, 같은 시각.

　서울의 명동 거리.

　아프로 비안체는 반짝거리는 도시의 불빛들을 올려다보며 여유롭게 걷고 있었다.

　뮤직캠프가 끝나고 나서 원래는 바로 미국으로 향하는 비행기를 예약했었다. 이대로 미국으로 돌아가도 상관없겠지만……

　글쎄.

　마음이 바뀌었다.

　처리해야 할 일도 있고, 이 아름다운 서울을 조금 더 즐기는 것도 나쁘지 않을 것 같았으니까.

　"쇼핑의 도시군."

　아프로 비안체는 콧노래를 흥얼거리며 말했다.

　"살 게 너무 많아."

　부들부들.

　아프로 비안체의 옆에서 한 남자가 파르르 떨고 있다.

　방금, 이를 가는 소리가 들린 거 같은데?

　"음, 착각인가."

　"하아… 하……"

　매니저는 이를 악물고선 아프로 비안체를 노려보았다.

　작곡으로 번 돈으로 어찌나 카드를 긁어 대는지, 이러다가 명동 건물 하나를 통째로 사는 건 아닐지 걱정될 정도였다.

때문에, 그는 지금 양손 가득 짐을 들고서 꿍꿍대고 있었다.

명동 거리 한복판에서 아프로 비안체의 짐이나 들고 있는 남자.

한눈에 봐도 무거워 보이는 짐에 사람들이 안타깝다는 듯이쪽을 힐끗거리고 있지만, 아마 남자의 정체를 알면 기겁하게될 것이었다.

올림포스의 대천사.

남을 부려 먹는 입장이지 절대 부려 먹히는 위치는 아니었을 텐데.

"제길."

하지만, 여기서는 아프로의 짐꾼 역할이나 하고 있는 것이현실이었다.

아프로 비안체는 따끔한 뒤통수를 손으로 문질거리며 뒤를돌았다.

"……."

예상대로 제법 살벌하게 노려보고 있다.

아프로 비안체는 쯧, 혀를 차고선 말을 뱉었다.

"꼬우면 때려치든가."

"부디 유병장수 하셨으면 좋겠습니다."

"걱정 마. 이미 충분히 장수했다."

그리고 두 손을 휘휘 저으며 골목길을 걷는다.

파르르.

매니저는 주먹을 세게 움켜쥐면서 아프로 비안체를 따라 걸었다.

어차피 이제 와서 도망칠 수도 없는 탓이었다.

이길 가능성은 더더욱 없고.

다른 존재도 아니고 신이 하라는데, 아니꼽다고 때려칠 수
는 없다.

"유병장수……."

매니저는 이를 까득거리면서 한숨을 푹푹 내쉬었다.

아프로 비안체는 조금도 개의치 않는 눈치였지만 말이다.

"음."

물론 그렇다고 해서, 아프로 비안체가 쇼핑이나 하겠답시고
이곳을 찾은 것은 아니다.

필요한 물건들도 좀 사는 김에 쇠 파이프를 하나 챙겨 왔다.

아프로 비안체는 주변을 두리번거리다가 이내 매니저에게
손을 내밀었다.

"잠깐 좀 주지."

"여기서 하시려는 겁니까."

"못 할 건 또 뭐람."

못 할 건 없지만…….

많이 이상해 보일 것이다.

명동 거리 한복판에서 쇠 파이프 두 개를 들고 걸어 다니는
남자.

어디서 신고라도 들어오지 않으면 다행인데.

"꼭 하셔야겠습니까?"

"그렇다니까, 어서 줘."

"저는 도망가도 됩니까."

"절대 안 되지."

"아아아악!"

사람 많은 이 거리에서, 아프로 비안체는 기어코 하겠다며 떼를 썼다.

말릴 생각은 하지 않았다. 원래부터 신들이란 드럽게 말을 안 듣는 족속들이니까.

매니저는 인상을 찌푸리며 파이프 두 개를 건네었다.

아프로 비안체는 파이프를 한 손으로 그러쥐더니, 잠시 눈을 감았다.

천천히, 아주 천천히.

파이프에 제힘을 실어 넣기 시작한다.

그리고.

우우웅─.

파이프가 공명하면서 잠시 번쩍였다.

"……!"

이것으로 준비는 끝.

아프로 비안체는 반짝이는 파이프를 양손에 쥐었다.

그리고서 태연하게 명동 거리를 누비기 시작한다.

그 모습은 매니저의 예상대로 미친놈 같아 보였다.

매니저는 보다 못해 이마에 손을 짚었다.

"이제는 수맥을 찾으십니까."

"그런 게 아니다. 일종의 텔레파시라고 볼 수 있지."

"…그게 뭡니까?"

"너와 나의 연결 고리. 뭐, 그런 거다."

어째 설명을 들으니 더 이해가 안 되는 것 같다.

매니저는 고개를 갸웃거리며 한숨을 내쉬었다.

우우웅―.

아프로 비안체는 매니저의 반응을 무시하며 앞으로 걸어 나갔다.

그때마다 파이프가 파르르 떨리는 것이, 공명이 성공적으로 이루어지고 있다.

우우웅―.

그렇게 위아래로 파이프를 휘젓고 있던 그때, 아프로 비안체의 눈썹이 움찔거렸다.

"엇."

방금, 친숙한 기운이 느껴졌다.

아프로 비안체는 다시 한번 그쪽을 향해 파이프를 뻗었다.

그리고, 마침내.

파르르!

파이프가 강하게 요동치는 것을 확인했다.

"아, 찾은 것 같은데."

"무엇을 말입니까……?"

떨떠름한 표정으로 물어 오는 제 매니저에게, 아프로 비안체는 담담하게 말했다.

"아테나."

그녀의 위치를 찾은 듯하다.

　　　　＊　　　　　＊　　　　　＊

　"오랜만에 보는 거 같다, 애들아."

　이른 오전, 녹음실에 한 남자가 손을 흔들며 걸어 들어왔다.

　미리 대기하고 있던 유니비는 자리에서 벌떡 일어났다.

　"안녕하세요!"

　"잘 부탁드립니다!"

　남자의 말대로 오랜만에 보는 얼굴.

　전보다 멀끔해진 이상진 트레이너가 웃으면서 고개를 까닥였다.

　그의 옆에는 의외의 얼굴.

　그 얼굴을 뒤늦게 확인한 최성훈이 입을 틀어막았다.

　"어… 어어어어어!"

　아프로 비안체가 있었다.

　그 바쁜 아프로 비안체가, 대체 왜 여기에?

　"아프로 비안체 님!"

　국내 작곡가라면 모를까, 그는 미국에서 한국까지 비행기를 타고 왔을 터였다. 다음 스케줄을 생각하면 바로 미국으로 가야 할 텐데…….

　"아니, 귀한 분이 어찌 이런 누추한 곳에…….."

　"그렇게 말해 봤자 못 알아들으실 거다."

　"아, 쏘리."

　최성훈은 어색하게 웃으며 손사래를 쳤다. 영어로 유창하게 대답해 드리고 싶지만, 아직 부족한 제 영어 실력으론 곤란하다.

그래도 어릴 적에 영어 유치원을 다녔던 짬빠가 사라지는 것
은 아니다.

최성훈은 영어로 간단히 멤버들의 소개를 대신했다.

물론⋯⋯.

"흠."

'한국말로 해도 되는데.'

아프로 비안체는 입이 간질거리는 걸 참을 수 없었다.

그는 시선을 홱 돌렸고, 신서진과 눈이 마주쳤다.

아니다 다를까.

입가에 조소가 걸려 있다.

'왜 어울리지 않게 가만히 있는 척이야?'

마치 그렇게 말하는 것 같아서. 아프로 비안체는 속으로 받
아쳐 주었다.

'지금 비웃냐!'

후우.

하고 싶은 말은 많지만 아무래도 보는 눈이 많아 사릴 수밖
에.

아프로 비안체는 아랫입술을 오물거리며 가만히 서 있었고,
옆에 선 이상진 트레이너가 통역을 대신해 주었다.

"오늘 이분이 프로듀싱을 해 주실 거다. 너네도 알겠지만 엄
청난 분이야. 영광으로 생각해도 좋을 터다."

"그야 당연히 영광입니다."

"살면서 아프로 비안체 님을 보게 될 날이 올 줄은⋯⋯. 아,

영어로."

최성훈은 어색하게 웃으며 엄지손가락을 치켜올렸다.

아프로 비안체는 그런 최성훈을 보며 피식 웃었다.

'이런 녀석들이랑 한 그룹이었나.'

어쩨 신서진의 한국 생활이 썩 나쁘지는 않았을 것 같다는 느낌이 들었다.

티 없이 해맑은 데다가 착한 녀석들이다.

특별히 성깔 있는 애들도 없어 보이고, 맑게 빛나는 것이 아프로의 마음에도 들었다. 저만한 그룹을 만난 것도 신서진의 축복이 아닐까.

그리 생각했던 아프로 비안체의 마음은, 녹음이 시작한 뒤 더욱 굳어졌다.

"방금 첫 소절 한 번만 더 가도 될까요? 원 모어, 원 모어!"

최상의 곡이 나올 때까지 반복 또 반복.

아프로 비안체가 문제점을 지적해도 싫어하는 내색 없이 두 눈을 반짝인다.

제 조언을 듣는 것을 정말 감사해하는 표정들이었다.

많은 가수들과 작업을 해 왔지만, 저 정도의 열정은 많이 보지 못했다.

어쩌면 당연했다.

아프로 비안체 정도 되는 작곡가는 톱 가수들하고만 작업을 해 왔으니까.

신인의 설렘과 진심 어린 초심.

그것을 너무 오랜만에 접해서일까.

아프로 비안체는 답지 않게 심장이 빠르게 뛰고 있다고 느꼈다.

'주책이야.'

그렇게 차형원의 녹음이 끝났고.

최성훈과 이유승의 녹음이 마무리되었다.

남은 것은 두 사람. 허강민과 신서진이었는데…….

네 번째 순서는 신서진이었다.

아프로 비안체는 녹음 부스 안에 들어간 신서진을 향해 두 눈을 빛내었다.

오랜 세월 동안 알고 지낸 사이.

솔직히 이런 식으로 조우하는 것이 신서진의 입장에서는 더없이 껄끄럽겠지만…….

'아, 불편해.'

그래도 호기심이 일었다.

"네 실력이 궁금하군."

아프로 비안체는 피식 웃으며 그리 말했고, 신서진만이 그의 말을 이해할 수 있었다.

고대 그리스어로 뱉은 말이었기 때문이었다.

"내 기대에 충족하길 바란다."

아프로 비안체는 너털웃음을 터뜨렸다.

*　　　　*　　　　*

아프로 비안체의 원곡에, 한국말이 더해진 가사.

신서진의 첫 파트가 녹음 부스 내로 울려 퍼진다.

*구름 낀 하늘 아래*
*멀리서 네 목소리가 들리면*

"음?"

*I' will dive 네가 있는 곳으로 헤엄칠 거야*

별로 기대하지 않았는데, 펜대를 돌리던 아프로 비안체의 손이 멈추었다.
내 동생의 비즈니스.
그 어색함을 뚫고 간신히 녹음만 마치고 갈 생각이었거늘.
신서진의 목소리가 아프로 비안체의 귀에 꽂혔다.
"잘하는걸."
저도 모르게 진심이 튀어나왔다. 마찬가지로 그리스어였다.
너무 흥분하면 저도 모르게 옛날 말이 튀어나오는 탓이다.
아프로 비안체는 헛기침을 하며 신서진의 녹음에 집중했다.

*어차피 닿지 못할 걸 알면서도*
*네 목소리가 바람을 타고 날아와*
*자꾸 내 귀에 속삭이는 것 같아*

신성한 목소리.

인간들이 신서진의 정체를 알았다면 그리 평가했을 터였다.

한국에서 지내는 지난 세월 동안 현대적으로 갈고닦으려 노력을 했을 테지만, 목소리에 담긴 본질은 아직 가시지 않았다.

신서진 특유의 보이스가 노래를 매력적이게 만든다.

녀석을 생각하며 작곡했던 노래였다.

힘을 얻기 위해서, 이 곡으로 성공해야 하는 건 두 사람 모두 마찬가지였다.

물론 이미 성공한 아프로 비안체에게는 그 절실함이 조금 부족할 수도 있겠지만, 그 역시도 제 은퇴곡이 잘되길 바라는 심정이었다.

하지만, 곡을 부를 상대가 조금 약했다.

한국의 톱 가수가 온다 한들 아프로 비안체의 눈에 차지 않았을 것이다.

하물며 한국의 신인?

당연히 그의 곡을 주기엔 너무도 아까운 대상이었다.

대부분의 음악 평론가들은 그렇게 칭했을 테지만…….

글쎄.

아프로 비안체는 그리 생각하지 않는다.


*Live on air*
*Live on air*

*May be 언젠간 너를 만날 수 있을지 몰라*
*다시 만나게 될지도 몰라*

"와우."

*구름 낀 하늘 아래*
*멀리서 네 목소리가 들리면*
*I' will dive 네가 있는 곳으로 헤엄칠 거야*

"좋은걸?"

아마 이 녀석들의 녹음본을 듣게 된다면, 그 평론가들도 입을 다물 것이다.

녀석을 생각하면서 쓴 곡이라 그런가.

제 예상보다도 더 신서진답고, 더 유니비답다.

이건 될 거라는 예감이 강하게 들었다.

신서진의 녹음이 끝날 때쯤에, 아프로 비안체는 짧은 탄성을 터뜨렸다.

전직 음악의 신.

제 앞에서 그렇게 나불대던 녀석을 무시했는데…….

괜히 한 말은 아니었다.

'그래도 음악의 신은 나다.'

그 생각에는 변함이 없지만, 칭찬을 빼놓을 수는 없다.

아프로 비안체는 신서진이 있는 녹음 부스를 향해, 나직이 말을 뱉었다.

"내 생각보다 훨씬 잘하는걸."

"정말이지. 생각을 어떻게 한 건지 모르겠군."

신서진은 어이없다는 듯 그리스어로 대답했다.

『예고의 음악 천재』 7권에 계속…